Poco falla ch'io non sia nello stesso caso, in cui si avvenne Cicerone allorchè gli cadde nell'animo di voler trasportare in sua Lingua materie di Filosofia, non mai per lo addietro trattate se non in Greco. Diceasi (e noi da lui medesimo lo sappiamo) che le sue Opere diverrebbero inutili, ed infruttuose; con ciò sia cosa che coloro, che amavano questa Scienza, avendola di già con grave incomodo, ricercata ne' libri Greci, trascurerebbero poscia di vederla in Libri Latini, non Originali; e che da un altro canto quei, che non aveano gusto per la Filosofia, nulla si curerebbero di vederla nè in Latino, nè in Greco.

Risponde, egli a queste obbiezzioni, che per l'opposito avverrebbe; che coloro, che non eran Filosofi, sarebbero tentati di divenirlo per la facilità di leggere i Libri Latini; e che quei, che per la lettura dei Libri Greci erano di già Filosofi, avrebbero piacere di vedere come sì fatte materie sarebbero state in Latino maneggiate.

Non disdiceasi a Cicerone il così ragionare. Il suo sublime ingegno, e l'illustre sua rinomanza avvaloravano il successo di questa nuova sorte d'Opere, che dava al Pubblico; ma io per me, in un'impresa alla sua quasi simile, son pur troppo lontano di avere i medesimi motivi di confidenza. Hò voluto trattare la Filosofia in un modo, che non fosse affatto Filosofico, mi sono ingegnato a condurla ad un punto, che non fosse nè troppo secca per le Persone del Mondo, nè troppo giocosa pe' Dotti. Ma se mi si dicesse ad un di presso come a Cicerone, che una tal'Opera non è nè da Dotti, che non vi trovan nulla da appararvi, nè da persone meno addottrinate, che non han voglia di appararvi nulla, io non ardirei certamente rispondere ciò, ch'egli rispose. Può ben farsi, che, cercando io un modo, in cui la Filosofia ad ogn'uno convenir potesse, mi fossi per isciagura abbattuto in un'altro, che a veruno si convenga. Egli è cosa pur troppo difficile il tenere i mezzi, nè credo che mi cada nell'animo di espormi mai più ad un simil cimento.

Avvertir mi giova coloro, che leggeranno questo Libro, e che hanno qualche cognizione della Fisica, che nel presentar loro in un modo alquanto più grato, e dilettevole, ciò ch'essi di già fanno più fondatamente, non hò preteso in verun conto istruirli, ma solamente divertirli; e che hò nondimeno creduto poter'istruire, ed in una divertire coloro, a' quali queste materie riescono nuove. I primi andranno contro la mia intenzione, se cercan quì l'utilità; e gli altri, se non vi ricercano che'l solo diletto.

Io non mi tratterrò a dire, che hò scelto in tutta la Filosofia la materia la più atta stimolare la curiosità. Sembra che nulla dovrebbe maggiormente interessarci, che'l conoscere come siasi fatto questo Mondo, che noi abitiamo, se vene sieno pur'altri somiglianti, e che sieno pure abitati; ma finalmente di tutto ciò s'inquieti chi vuole. Coloro, che han pensieri da perdere, posson perderli in simili soggetti; ma non è ogn'uno in istato di far questa inutile spesa.

Hò introdotto in questi Ragionamenti una Donna, che viene ammaestrata, e che non hà giammai inteso ragionar di Fisica. Hò creduto che questa finzione gioverebbe ed a render l'Opera più capace di diletto, ed ad animare le Donne coll'esempio di costei, che non uscendo mai dai limiti di una persona, che non hà perizia alcuna di scienza, intende pure tutto ciò che le vìen detto, ed assetta ordinatamente, e senza confusione nella sua testa i Vortici, ed i Mondi. Perchè altre Donne vorrebbero elleno esser da meno di questa Marchesa immaginaria, che non comprende se non ciò, che non può far di meno di comprendere.

Vero è che questa Marchesa si applica un poco; ma la sua applicazione merita forse questo nome? Certo che non le fa d'uopo di accuratamente investigare una cosa o per se stessa oscura, o oscuramemte spiegata; basta solo non leggere senza rappresentarsi ordinatamente quel tanto, che sì legge.

Io non richieggo alle Dame per tutto questo Sistema di Filosofia, che la medesima applicazione, che richiede la lettura della Principessa di Cleve; se pur sene voglia seguir minutamente l'intreccio, e conoscerne tutta la bellezza. E benchè sia pur vero che le idee di questo libro sieno meno famigliari alla maggior parte delle Donne, che non le sono quelle della Princessa di Cleve, ma non sono però più oscure; e son certo che ad una seconda lettura al più avranno il tutto pienamente compreso.

Come io non ho preteso dì fare un Sistema in aria, e che non avesse verun fondamento, ho impiegato veri ragionamenti di Fisica, e ne ho impiegati quanti ne ho creduti opportuni. Ma si trova per ventura in questo soggetto, che le idee di Fisica vi sono per se stesse gustose; e che nel tempo, che soddisfanno alla ragione, danno pure alla immaginazione uno spettacolo, che la appaga, ed alletta, non meno che se fosse fatto a bella posta per essa.

Quando hò poscia trovato qualche passo non compiutamente di questa sorte, mi sono ingegnato di rivestirlo con altri diversi ornamenti. Virgilio con simil maniera si è comportato nelle sue Georgiche, ove egli hà salvato il fondo della sua materia, che è totalmente secca, colle sue frequenti, e sovente molto aggradevoli digressioni. Ovidio stesso hà pur fatto la medesima cosa nell'Arte di amare, benchè il fondo della sua materia fosse infinitamente più dilettevole di quanto mai potesse mischiarvi. Hà egli apparentemente creduto che tedioso avverrebbe il sempre favellar di una medesima cosa, ancorchè si fosse d'insegnamenti di galanteria. Io per me, benchè maggior bisogno di lui avessi del soccorso delle digressioni, non mene sono pur servito che con molta cautela. Le hò autorizzate colla licenza naturale della conversazione, e non le hò inserite se non in quei luoghi, ove hò creduto che grato altrui farebbe il rinvenirle. Ne hò frapposto la maggior parte nel principio dell'Opera, perchè allora l'intelletto non si era per anche assuefatto alle idee principali, che gli offrisco: infine le hò prese nel mio soggetto medesimo, o almeno molto ad esso vicine.

Non hò voluto cosa alcuna immaginare su gli Abitanti de' Mondi, che intieramente impossibile fosse, e chimerica. Hò procurato di dir quel tanto, che sene potrebbe ragionevolmente pensare; ed anche le visioni, che vi hò aggiunte hanno qualche reale fondamento. Il vero, e'l falso sono qui insieme mischiati, ma in forma da poter sempre esser facilmente distinti. Non imprendo a giustificare un composto sì bizzarro: questo è il fatto più importante dell'Opera, ma questo è per l'appunto quello, di cui non posso render ragione.

Non mi resta più in questa Prefazione, se non da parlare ad una sola sorte di persone, ma che saran forse le più difficili a contentare; non già perchè manchino buonissime ragioni da poter loro esser' addotte, ma perchè esse hanno il privilegio di non appagarsi, se non lo vogliono, di tutte le ragioni, che sono buone. Sono queste le persone scrupolose di cui intendo far parola: potrebbero queste immaginarsi, che vi fosse qualche pericolo per riguardo alla Religione, supponendo Abitanti altrove che sulla Terra. Io venero fino le delicatezze eccessive, che aver si possono su'l fatto della Religione, ed avrei rispettata anche questa, al segno di non volerla offendere in questa mia Opera, se essa fosse contraria al mio sentimento. Ma quel che forse vi recherà maggior meraviglia, è che questa obbiezione non riguarda in niun conto questo Sistema, ove io riempio di Abitanti una infinità di Mondi. Basta che si scacci via un piccolo errore d'immaginazione. Quando vi si dice che la Luna è abitata, voi subito vi rappresentate Uomini fatti come noi; e dopo, se siete un poco Teologo, eccovi ripieno di difficoltà. La posterità di Adamo non hà potuto stendersi sino nella Luna; nè inviar Colonie in quel Paese. Gli Uomini, che sono nella Luna, non sono dunque Figli di Adamo. Or sarebbe d'un grande imbroglio nella Teologia, che vi fossero Uomini, che da lui non discendessero. Non occorre dirne di vantaggio, tutte le difficoltà immaginabili si riducono a questa, ed i termini, che si converrebbe impiegare in una lunga spiegazione, sono pur troppo degni di ossequio per esser posti in un Libro sì poco serio come è questo. L'obbiezzione cade adunque intieramente sù gli Uomini della Luna; ma sono quelli filosofi, che la fanno, che si compiacciono di porre Uomini nella Luna; io per me non vene pongo. Vi pongo Abitanti, che non sono Uomini. Che sono dunque? Io non gli hò veduti, e non è per averli veduti che ne parlo. Nè sospettate che sia un ripiego, di cui mi serva per eludere la vostra obbiezione, il dire che non vi sieno Uomini nella Luna; voi vedrete che è impossibile che vene sieno, secondo l'idea, che hò della varietà infinita, che la Natura deve aver posta nelle sue Opere. Questa idea chiaramente si manifesta in tutto il mio Libro, ne può esser da alcun Filosofo impugnata. Quindi io credo che far non mi si potrebbe questa obbiezzione se non da coloro, che parlar voglion di questi miei Ragionamenti senza averli letti. Ma è questo forse un'argomento da rassicurarmi? Non, certamente; anzi per la stessa cagione hò io pur troppo da temere, che l'obbiezzione non mi sia fatta da molte persone.

TAVOLA

DE' RAGIONAMENTI.

SERA PRIMA.

Che la Terra sia un Pianeta, che gira sopra se stesso, ed intorno al Sole.

SERA SECONDA.

Che la Luna sia una Terra abitata.

SERA TERZA.

Particolarità del Mondo della Luna. Che gli altri Pianeti sieno anche abitati.

SERA QUARTA.

Particolarità de' Mondi di Venere, di Mercurio, di Marte, di Giove, e di Saturno.

SERA QUINTA.

Che le Stelle Fisse sieno altrettanti Soli, chiascheduno de' quali illumini un Mondo.

SERA SESTA.

Nuovi pensieri, che pur confermano quelli de' precedenti Ragionamenti. Ultime Scoperte, che sono state fatte nel Cielo.

RAGIONAMENTI

sù

LA PLURALITÀ

DE' MONDI

AL SIGNOR L***.

Voi volete, o mio Signore, ch'io minutamente vi narri in che modo abbia passato il tempo della Villeggiatura dalla Signora Marchesa G***. Sapete che un così fatto racconto comporrà un Libro; e quel, ch'è peggio, un Libro di Filosofia? In vece di feste, di gioco, e di caccia, di che credete ch'io ragionar vi debba, rinverrete Pianeti, Mondi, e Vortici: queste sole sono state tutte le questioni da noi agitate. Per ventura voi siete pur Filosofo, e vene burlerete meno d'un'altro; e forse faravvi anche piacere che io abbia condotto la Marchesa sotto le bandiere della Filosofia. Non potevamo certamente fare acquisto maggiore; perchè io reputo sempre da molto la bellezza, e la gioventù. Non vi sembra che la Sapienza istessa se volesse render gli uomini amatori della virtù, prender dovrebbe la forma, che a quella della Marchesa alquanto si rassomigliasse? E se le venisse anche fatto d'aver nella conversazione le di lei medesime grazie, pochi sarebbero certamente coloro, che le sue traccie non sieguirebbero. Non crediate pertanto d'udir meraviglie nell'arrecarvi i ragionamenti avuti colla Marchesa: converrebbe avere quasi il suo spirito per ridire le cose, che ella hà detto, e nel modo ch'ella le disse. Voi riconoscerete in lei solamente quella vivacità d'ingegno, che vi è già nota. In quanto a me, io la credo anche dotta, per la somma facilità, ch'ella avrebbe a divenir dottissima. In somma che le manca? L'avere scartabellato, più Libri. Questo è nulla. Oh, a quanti uomini ricuserei, se mi fosse lecito, il titolo di dotti, benchè abbiano essi letto per tutta la loro vita. Al rimanente voi m'avrete ancora una obbligazione; di non descrivervi (prima d'entrare nelle particularità delle nostre conversazioni) il Palazzo, dove la Marchesa era andata a passar l'Autunno. Molti han fatte ampissime descrizzioni di Palazzi, senza maggior bisogno; ma io voglio evitarvi questa noja; e credo che vi basti di sapere, che quando capitai dalla Marchesa, la ritrovai senza compagnia; il che mi fece un'infinito piacere. I due primi giorni non ebbero nulla di notabile: si parlò solamente delle nuove di Pargi; donde io veniva. Nacquero dopo questi Ragionamenti, de' quali hò voglia di farvi ora partecipe; e che vi dividerò in Sere, perchè in fatti la sera fù il tempo delle nostre conversazioni.

9

SERA PRIMA.

Che la Terra sia un Pianeta, che gira sopra se stesso,

ed intorno al Sole.

Andammo adunque una sera dopo cena a passeggiare nel Parco. Spirava un'aria fresca, che ci ristorava dell'eccessivo caldo nel giorno sofferto. Non avea guari di tempo che la Luna erasi levata, ed i suoi biancheggianti raggi, che fra ramo e ramo degli alberi a noi passavano, confondendosi col verde delle foglie, che quasi nero compariva, presentavano agli occhi nostri un dilettevole, e grazioso spettacolo. Non vedevasi nè pure un nuvolo, che c'involasse la luce della più minuta Stella: brillavan tutte d'un'oro il più fino, e'l più puro, quale vie più spiccava nel fondo azzurro, in cui sono affisse. Una sì vaga mostra femmi restare alquanto sopra pensiere; e forse senza la Marchesa, ch'a me era d'appresso, vi sarei maggior tempo rimaso; ma la presenza d'una Dama sì amabile non mi permise d'abbandonarmi alle mie riflessioni sulla Luna, e le Stelle. Non credete voi, le diss'io, che una bella notte vinca di gran lunga qualunque si sia il più bel giorno? Sì, ella mi rispose, la bellezza del giorno è come una bellezza bionda, che hà maggior brio; ma quella della notte è una bellezza bruna, che più commove. Voi eccedete ingenerosa, mia Signora, ripigliai, mentre voi, che bionda siete, anzi che nò, date alle Brune la palma. Ma vaglia pure il vero, il giorno è l'opera la più bella della Natura; e le Eroine de' Romanzi, che sono il più bel parto dell'immaginazione, sono quasi sempre rappresentate bionde. Nulla vale beltà; se non commove, replicò la Marchesa. Confessate che'l giorno non vi avrebbe giammai condotto ad una sì dolce astrazzione di mente, in cui hovvi veduto alla vista d'una sì bella notte. Ne convengo, risposi, ma all'incontro una bionda, qual voi la siete, farebbemi vaneggiare anche meglio della più bella notte del mondo, con tutta la sua bruna vaghezza. Quando anche diceste il vero, non mi lusingareste, replicò la Marchesa; e vorrei che'l giorno, poichè le Bionde deggiono interessarsi per esso, facesse anch'egli lo stesso effetto. Per qual ragione gli Amanti, che sono esperti giudici di quanto s'insinua al cuore, rivolgono tutte le loro Canzoni, ed Elegie alla notte? Egli è ben giusto, diss'io, che la notte abbia tutti i loro ringraziamenti. E tutte le loro querele, ella soggiunse; e donde avviene che non osano confidare i segreti del loro cuore al giorno? Avviene, le risposi, secondo ogni apparenza, da ciò che'l giorno non ispira un non sò che di mesto, e di appassionato. In tempo di notte tutto sembra in riposo. C'immaginiamo che le Stelle si volgano con maggior silenzio del Sole; gli oggetti, che'l Cielo ci mostra, hanno maggior dolcezza; la vista vi si ferma più agiatamente; ed infine meglio si medita, perchè ciascuno si lusinga d'essere allora in tutta la Natura il solo uomo occupato a pensare. Può esser'anche, che lo spettacolo del giorno sia pur troppo uniforme, non essendovi che un Sole, ed una volta turchina; in vece che la vista di tutte queste Stelle confusamente sparse, e disposte a caso in mille varie forme, c'invita forse ad abbandonarci alla nostra immaginazione, ed entrare in quella confusone di pensieri, che sempre riesce dilettevole. Hò sempre risentito in me ciò, che mi dite, riprese la Marchesa: amo le Stelle, e ben volontieri mi dorrei del Sole, che cele oscura; Ah! esclamai, non posso perdonargli che mi faccia perder di vista tutti quei Mondi. Che cosa mai intendete per tutti quei Mondi, essa mi disse, riguardandomi, e volgendosi verso di me? Perdonatemi, anzi Dio ve'l perdoni, io le risposi, mentre avete isvegliata la mia pazzia, ed io non hò potuto contenere la mia immaginazione. Quale è dunque questa pazzia, riprese la Marchesa? Ah! quanto mi rincresce, io replicai, il dovervela confessare: mi son messo in testa, che ciascheduna Stella possa esser' un Mondo. Non giurerei che ciò fosse vero, ma giovami il crederlo, perchè il crederlo mi fà piacere. Questa è una idea, che mi rallegra, e che mi si è fitta nel cervello di una maniera grata, e piacevole; ed a mio parere, anche la ricerca della verità riesce stucchevole; se non viene temperata col diletto. Eh bene, soggiunse la Marchesa, giacchè la vostra pazzia è così allegra, fatemene partecipe: crederò delle Stelle quel tanto, che voi vorrete, purchè io vi trovi piacere. Credete voi forse, o Signora, tosto io replicai, di trovarvi lo stesso piacere, che provareste ad una Commedia di Molière? Questo è un piacere situato non so in qual parte della ragione, che non fa rider che l'intelletto. E che? Anche voi siete d'umore di credere, replicò la Marchesa, che le Donne siano incapaci di quei piaceri, che sono solamente proprj della ragione? Voglio in questo punto disingannarvi, purche non vi rincresca il farmi conoscere quali, e come siano le vostre Stelle. Pian piano, Signora, io le risposi, non sarammi al certo rimproverato di avere in un bosco, ed alle due ore della notte, ragionato di Filosofia colla più amabile Dama, ch'io conosca; procacciatevi pure altrove chi Filosofi di questo gusto.

Per quanto m'ingegnassi di scusarmi colla Marchesa, pure cedere mi convenne alla per fine. Mi feci almeno promettere di aver riguardo all'onor mio, col conservarmi il segreto; e quando non più fui in istato di disdirmene, e che volli ragionare, m'avvidi che non sapeva ravviare il bandolo per dar principio al mio discorso ; perchè con una Dama come la Marchesa, che nulla sapeva di Fisica, facea d'uopo prender le cose da lontano, per provarle che la Terra poteva essere un Pianeta; i Pianeti tante Terre; e tutte le Stelle tanti Soli, che illuminavano altrettanti Mondi; e così ricominciava sempre da capo a dirle, ch'era meglio discorrere insieme di bagatelle, come ogni persona di senno avrebbe fatto in nostro luogo. Pure finalmente, per darle una idea generale della Filosofia, in tal guisa mi misi al cimento di ragionare.

Tutta la Filosofia è fondata su due cose: l'aver la mente curiosa, e gli occhi cattivi. Se voi aveste gli occhi più penetranti, ben vedreste se le Stelle sono Soli, che rischiarano altrettanti Mondi, o se non lo sono; e da un'altra parte, se foste meno curiosa, non vi curereste punto di saperlo; e ciò sarebbe lo stesso. Ma si vuol sapere più di quel che si vede; ecco la difficoltà. Pure se si vedesse bene quel, che si vede, conosceremmo almeno quella parte, che vediamo delle cose; ma per disgrazia, esse si veggono sempre diverse da quel che sono. In tal guisa appunto i veri Filosofi passano la loro vita a non credere ciò, che veggono, ed a sforzarsi d'indovinare quello che non veggono; e questa condizione non mi pare troppo da invidiare. Ciò supposto, mi figuro che la Natura sia un grande spettacolo, somigliante a quello dell'Opera, Dal luogo, ove siete all'Opera, voi non vedete intieramente il Teatro come egli è: le scene e le macchine sono disposte per far da lungi un'aggradevole effetto; e rimangono nascoste alla vostra vista tutte quelle ruote, e quei contrappesi, che ne fanno tutti i movimenti. Ne però voi vi date la briga d'indovinare come tutto ciò avvenga. Non vi sarà se non qualche Macchinista nascosto nella Platea, che s'inquieterà d'un volo, che saragli sembrato straordinario, e che vuole assolutamente capire in qual modo sia stato eseguito. Ben vedete, Signora, che questo Macchinista si assomiglia molto ai Filosofi. Ma ciò, che a riguardo dei Filosofi accresce la difficoltà, è che nelle macchine, che la Natura presenta agli occhi nostri, le funi fono perfettamente nascoste; e così bene, che si è stato pur gran tempo ad indovinare la causa del moto dell'Universo. Rappresentatevi tutti i savj all'Opera, quei Pittagori, quei Platoni, quegli Aristotili, e tutti quei valenti uomini il nome de' quali fa oggidì tanto strepito; poniam caso che essi vedessero il volo di Fetonte, che i venti portano via, che non potessero scuoprir le funi, e non sapessero in qual guisa il di dietro del Teatro fosse disposto.

L'uno di essi dicesse: Fetonte è portato via da una virtù secreta. L'altro: Fetonte è composto di certi numeri, che lo fanno salire. L'altro: Fetonte ha una certa simpatia col sommo del Teatro, ed è aftretto da questa a povrarsi colà sù. L'altro: Fetonte non era fatto per volare, ma egli ama meglio volare, che lasciar vuoto il sommo del Teatro; e cento altri simili spropositi, e scioccherie, che mi meraviglio che non abbiano fatto perdere la riputazione a tutta l'Antichità. Finalmente Cartesio, ed alcuni altri Moderni son venuti, ed hanno detto: Fetonte sale, perchè è tirato da alcune corde, alle quali stà attaccato un peso di esso più grave, e che discende. Così più non si crede che un corpo si muova senza esser tratto, anzi spinto da un'altro corpo; e non si crede più ch'egli salga, o scenda, se non che per l'effetto d'un contrappeso, o d'una molla; e chiunque vedesse la Natura tale quale si è, non vedrebbe se non il di dietro del Teatro dell'Opera. A questo conto, disse la Marchesa, la Filosofia è divenuta molto meccanica? Tanto meccanica, risposi, che temo non abbiamo in breve da vergognarcene. Si vuole che l'Universo sia in grande ciò, ch'è un'oriuolo in piccolo; e che tutto vi si conduca da moti regolati, che dipendono dalla disposizione delle parti. Confessate la verità, Signora; non avete voi avuto tal'ora una idea più sublime dell'Universo, e non gli avete fatto più onore, che non meritava? Io ho veduto più, e più persone, che per averlo conosciuto lo stimavano meno. Ed io, rispose la Marchesa, lo stimo molto più, da che so che si assomiglia ad un'oriuolo. Io stupisco di che l'ordine della Natura, benchè soprammodo mirabile, non comprerà da se non cose sì semplici.

Non sò, le soggiunsi, chi v'abbia dato idee così sane; perchè a dir vero, esse si rinvengono di rado. Molti sono coloro, che han sempre in testa un falso meraviglioso, involto d'una oscurità, che venerano. Ammirano essi la Natura, sol perchè la credono una sorte di Magia, di cui nulla sene capisce: ed è certo che non fanno stima alcuna di quelle cose che si comprendono, Ma per voi, o Signora, siete sì ben disposta a capire tutto ciò, che voglio dirvi, che credo non dover far' altro, che tirare la tenda, e mostrarvi il Mondo.

Dalla Terra, ove siamo, quel che da noi si vede in maggior distanza è questo Cielo azzurro, cioè questa gran volta, in cui sembra che le Stelle siano attaccate come chiodi. Si chiamano Fisse, perchè pare che non abbiano altro moto che quello del loro Cielo, che le trasporta seco d'Oriente in Occidente. Fra la Terra, e questa ultima volta de' Cieli, sono sospesi in differenti altezze il Sole, la Luna, ed i cinque altri Astri, che hanno nome Pianeti: Mercurio, Venere, Marte,

Giove, e Saturno. Questi Pianeti non essendo attaccati ad un medesimo Cielo, ed avendo movimenti ineguali, si rimirano fra essi diversamente, e fanno varie figure insieme; invece che le Stelle Fisse sono sempre nella stessa situazione le une a rispetto delle altre. Il Carro, per esempio, che voi vedete, e che è formato di queste sette Stelle, è da ogni tempo stato fatto quale appunto egli è oggidì, e lo sarà pur sempre nell'avvenire; ma la Luna è talvolta vicina, e talvolta lontana dal Sole; e lo stesso avviene degli altri Pianeti. Ecco per l'appunto come le cose apparvero a quegli antichi Pastori della Caldea, il grand'ozio de' quali produsse le prime osservazioni, che sono state il fondamento dell'Astronomia; perchè l'Astronomia è nata nella Caldea, come la Geometria, al dir d'alcuni, nacque in Egitto, ove le inondazioni del Nilo, che confondevano i confini di tutti i campi, furono cagione, che ciascheduno volle inventare misure esatte, per distinguere il suo dagli altri de' suoi vicini. Così l'Astronomia è figlia dell'ozio, la Geometria è figlia dell'interesse; e se fosse questione della Poesia, troveremmo, secondo ogni apparenza, che è figlia dell'Amore.

Molto mi godo, disse la Marchesa, d'aver da voi apparata quella genealogia delle Scienze; e veggo far d'uopo d'appigliarmi all'Astronomia. La Geometria richiederebbe, al dir vostro, un'anima più interessata della mia, e la Poesia ne richiederebbe una più tenera; ma hò tant'ozio, che basta per attendere all'Astronomia, e siamo in oltre per buona sorte alla Campagna, e ci meniamo una vita quasi pastorale; il che si confà molto a questa scienza. Non v'ingannate, Signora, io replicai. La vera vita pastorale non è di ragionare dei Pianeti, e delle Stelle Fisse. Ponete un poco mente se i Pastori dell'Astrea passano il lor tempo in sì fatto esercizio. Oh! mi rispose la Marchesa, una tal sorte di vita pastorale è troppo perigliosa. Amo meglio quella di quei Caldei, dei quali poco fà mi parlavate; perciò di grazia cominciate a parlarmi Caldeo. Quando fù riconosciuta questa disposizione de' Cieli, che mi avete detta, di che fù questione? Fù questione, io ripresi, d'investigare come tutte le parti dell'Universo dovevano essere insieme ordinate: e ciò fra gli uomini scientifici vien detto, formare un Sistema. Ma avanti ch'io vi spieghi il primo de' Sistemi, è d'uopo ch'osserviate, che noi tutti siamo naturalmente fatti come un certo pazzo Ateniese, di cui avete forse udito parlare, che s'era messo nella fantasia, che tutti i Vascelli, che approdavano al Porto di Piro erano suoi La nostra pazzia è di credere che tutta la Natura, senza riserva alcuna, sia destinata ai nostri usi; e quando si domanda ai nostri Filosofi, a che serve questo prodigioso numero di Stelle Fisse, poichè una piccola parte di esse sarebbe bastevole per fare ciò, che fanno tutte; essi freddamente vi rispondono, che servono per rallegrare la loro vista. Sù questo supposto non si mancò subito d'immaginare ch'era necessario che la Terra fosse in riposo al centro dell'Universo, nel mentre che tutti i Corpi celesti, ch'erano fatti per essa, si darebbero l'incommodo di girarle intorno per illuminarla. Sopra la Terra fù dunque posta la Luna, ed al di sopra di essa fù posto Mercurio, e dopo Venere, il Sole, Marte, Giove, e Saturno; ed al di sopra di essi era il Cielo delle Stelle Fisse. La Terra trovavasi per l'appunto nel mezzo de' Circoli, che descrivono questi Pianeti; e questi Circoli erano tanto più grandi, quanto erano più distanti dalla Terra; e per consequenza i Pianeti più lontani impiegavano maggior tempo a fare il loro corso: ciò ch'effettivamente è vero. Ma non sò, replicò la Marchesa, perchè voi non approviate quest'ordine dell'Universo, mi pare a bastanza chiaro, ed intelligibile; e per me vi dichiaro, che mene trovo pienamente soddisfatta. Posso vantarmi, le replicai, ch'io vi tolgo molta difficoltà da quello Sistema. Se velo mostrassi quale è stato ideato da Tolomeo suo autore, o da quelli, che dopo di lui vi hanno filosofato, certamente vi sgomenterebbe, Come i moti dei Pianeti non sono si regolari, che non vadano ora più presto, ora più tardi; ora d'un verso, ed ora d'un'altro; e che alle volte non siano più lontani, ed alle volte più vicini della Terra, gli Antichi s'erano immaginati non sò quanti Circoli, diversamente intrecciati fra loro, per mezzo dei quali salvavano tutte queste bizzarrie. Era sì grande l'intrigo di tutti questi Circoli, che in un tempo, in cui non si conosceva ancor nulla di meglio, un Rè di Castiglia, gran Matematico, ma verisimilmente poco devoto, diceva: che se Dio l'avesse chiamato a consiglio quando compose il Mondo, gli avrebbe dato importantissimi avvisi. Il pensiero è pur troppo libero; ma è pur curioso che questo Sistema fosse anche a quei tempi un'occasione di peccato, perchè era troppo confuso. Gli avvertimenti, che questo Rè voleva dare, riguardavano senza dubbio il tor via tutti questi Circoli, coi quali s'imbarazzavano i moti celesti. Apparentemente riguardavano anche un'altra suppressione di due, o tre Cieli superflui, ch'erano stati posti al di là delle Stelle Fisse. Questi Filosofi per ispiegare una sorte di moto ne' Corpi celesti, facevano di là dall'ultimo Cielo, che noi vediamo, un Cielo di cristallo, che dava questo movimento ai Cieli inferiori; ed ogni volta che avean contezza d'un'altro movimento, subito formavano un'altro Cielo di cristallo. In somma i Cieli di cristallo lor non costavano nulla. E perchè, disse la Marchesa, non facevansi i Cieli che di cristallo? Non sarebbero eglino stati ugualmente buoni d'altra materia? Nò Signora, risposi, bisognava che la luce passasse per mezzo, e che d'altronde i Cieli fossero solidi. E ciò era assolutamente necessario; perchè Aristotile avea trovato, che la solidità era una cosa unita alla nobiltà della loro natura; e poichè ciò era caduto nell'animo di Aristotile, veruno ardiva dubitarne. Ma essendosi poscia vedute Comete, che essendo più alte di quello, che prima si credeva, che avrebbero rotto tutti i cristalli de' Cieli per dove passano, e fracassato tutto l'Universo, è convenuto perciò risolversi a fare i Cieli di materia fluida, come l'Aria. Finalmente oggidì è fuor di dubbio, per le Osservazioni di questi ultimi secoli, che Venere, e Mercurio girano intorno la Terra; e per questa cagione l'antico Sistema è assolutamente improbabile. Voglio dunque proporvene uno, che riempie tutte le parti, e che porrebbe il Rè di Castiglia fuor di stato di dare alcun'avvertimento, essendo d'una gratissima semplicità, che da se sola dovrebbe farlo anteporre ad ogni altro. Mi sembra, disse la Marchesa, che la vostra Filosofia sia una specie d'incanto, ove quelli, che si offeriscono di far le cose a meno spesa, sono sempre preferiti, Egli è vero, io ripresi, e solo in questo modo si può capire il disegno, su'l quale la Natura hà innalzato tutta l'Opera dell'Universo. Essa è d'un risparmio straordinario, e tutto ciò che potrà fare in modo, che sia per costarlene un poco meno, ancorchè questo meno fosse quasi un nulla, siate pur persuasa, che non lo farà mai altramente. Questo risparmio nondimeno si confà con una stupenda magnificenza, che spicca in tutto ciò, che ella hà fatto. E ciò avviene, perchè la magnificenza è nel disegno, e'l risparmio nell'esecuzione. Nulla di più vago, che un gran disegno eseguito con poca spesa. Noi altri siamo soggetti a sconvolgere spesso tutto quest'ordine nelle nostre idee; ponendo il risparmio nel disegno, che hà avuto la Natura, e la magnificenza nella esecuzione. Le supponiamo un piccolo disegno, che eseguisce con una spesa dieci volte maggiore, che non sarebbe necessario: e ciò è del tutto ridicolo. Io sono molto contenta, disse la Marchesa, che'l Sistema, di cui mi parlate, imiti cotanto la Natura, perchè questo gran risparmio ridonderà a profitto della mia immaginazione, che non avrà tanta fatica a comprendere ciò, che mi direte. Non s'incontreranno più quì tanti inutili imbarazzi, io ripresi. Figuratevi un Tedesco, nominato Copernico, che fà man bassa sopra tutti questi differenti Circoli, e sopra tutti questi solidi Cieli, ch'erano stati immaginati dall'Antichità. Distrugge gli uni, e pone gli altri in pezzi. Mosso da nobil furore d'Astronomo, prende la Terra, e la manda via ben lungi dal centro dell'Universo, dove erasi collocata, e vi pone il Sole, a cui quest'onore era più giustamente dovuto. I Pianeti non girano più all'intorno della Terra, e non la rinchiudono più nel mezzo del Circolo, che essi descrivono. Se c'illuminano, ciò addiviene in qualche maniera a caso, e perchè essi c'incontrano nel loro viaggio. Tutto gira oggidì intorno al Sole; la stessa Terra vi gira; e per punirla del lungo riposo, che si aveva arrogato, Copernico la carica più che può, di tutti i moti, ch'essa dava ai Pianeti, ed ai Cieli. In fine, di tutto grado, replicai alla Marchesa, d'aver rintuzzata la vanità degli uomini, che s'erano posti nel più bel sito dell'Universo, ed hò piacere di veder presentemente la Terra fra la folla degli altri Pianeti. Oh bene, ella rispose, credete voi che la vanità degli uomini si stenda sino all'Astronomia? E credete forse avermi umiliata nel dirmi, che la Terra gira intorno al Sole? Vi affermo che non mene stimo punto da meno. Sò bene, Signora, le risposi, che siamo meno gelosi del posto, che teniamo nell'Universo, di quello che crediamo dover tenere in una camera; e che, la precedenza di due Pianeti giammai non sarà un'affare di un sì gran rilievo, che quello di due Ambasciatori. Pure la medesima inclinazione, che ci fà desiderare il luogo il più onorevole in una cerimonia, fà altresì che'l Filosofo in un Sistema si ponga se lo può, nel centro del Mondo; e vuole che tutto sia fatto per esso. Suppone, forse senz'avvedersene, questo principio, che lo lusinga, e'l suo cuore non lascia d'interessarsi in un'affare di pura speculazione. A dirvela liberamente, replicò la Marchesa, questa è una calunnia, che voi avete inventata contro il genere umano. Giammai dunque avrebbesi dovuto ricevere il Sistema di Copernico, poichè ci avvilisce cotanto. In fatti, io ripresi, Copernico egli stesso diffidossi molto del successo della sua opinione, e stette per gran tempo senza pubblicarla. Finalmente vi si risolvette alla sollecitazione di persone molto riguardevoli. Ma il giorno stesso, che gli fù recato il primo esemplare stampato del suo Libro, sapete voi cosa egli fece? Sene morì. Non volle esporsi a tutte le contradizzioni, che prevedeva; e così destramente si trasse d'impegno. Ascoltate, disse la Marchesa, conviene render giustizia a tutti. Egli è certo, ch'è difficile l'immaginarsi che giriamo, poichè finalmente non si cambia mai sito, e ciascheduno ritrovasi sempre di mattina, ove la sera si era prima coricato. Veggo di già al vostro contegno ciò, che siete per dirmi: che siccome tutta la Terra gira…. Certo, io interruppi: è la stessa cosa, che se voi vi addormentaste in un battello, che andasse su'l fiume nello svegliarsi vi trovereste nel medesimo luogo, e nella medesima situazione, a riguardo di tutte le parti del battello. Si, replicò la Marchesa, ma vi è una differenza: svegliandomi troverei il lido mutato, e da ciò mi accorgerei facilmente, che'l battello avrebbe cangiato sito; ma non avviene lo stesso della Terra, ove ritrovo le cose tali, e quali le aveva lasciate. Nò, Signora, io ripigliai, la nostra riva è anche mutata. Voi sapete, che di là dai Circoli de' Pianeti sono le Stelle Fisse; ed ecco la nostra riva. Io sono su la Terra, e la Terra descrive un gran Circolo intorno al Sole. Io riguardo nel centro di questo Circolo, e vi veggo il Sole. E se col suo splendore non mi nascondesse le Stelle spingendo io la mia vista in linea diritta di là dal Sole, vedrei necessariamente ch'egli corrisponde a certe Stelle Fisse; ma in tempo di notte veggo facilmente a quali Stelle Fisse egli hà corrisposto il giorno: il che è per l'appunto la stessa cosa. Se la Terra non cangiasse sito su'l Circolo, nel quale è, vedrei sempre il Sole corrispondere alle medesime Stelle Fisse. Ma essa cangiando sito, è pur forza ch'io vegga il Sole corrispondere ad altre Stelle. E questo è il lido che cangia ogni giorno. E come la Terra fà il suo giro in un'anno intorno al Sole, veggo il Sole nello spazio di un'anno corrispondere successivamente a diverse Stelle Fisse, che compongono un Circolo. Questo Circolo si chiama il Zodiaco. Volete che vene faccia una figura sulla rena? Potete farne di meno, poichè intanto vi capirò senza questa figura. In oltre mi rincrescerebbe, che ciò dasse al mio Parco un'aria scientifica. Parmi aver'udito dire, che un Filosofo, il quale fù gettato da un naufragio in un'Isola incognita, vedendo alcune figure di linee, e Circoli tracciate sulla riva del Mare, gridò ad alta voce a quei che lo seguivano: Animo, o miei Compagni, l'Isola è abitata, vi scorgo le orme degli uomini. Voi dovete ben credere, che non mi appartiene il segnare queste orme, e che quivi molto si disdirebbero.

Effettivamente meglio si converrebbe, io risposi, che non vi si vedessero tracciate se non le orme degli Amanti, cioè il vostro nome, e le vostre cifre, incise sulle scorze degli alberi dalle mani dei vostri Adoratori. Lasciamo, di grazia, da banda gli Adoratori, soggiunse la Marchesa, e ragioniamo del Sole. Io ben capisco come possiamo immaginarci, che'l Sole descriva il Circolo, che noi stessi descriviamo; ma questo giro non si termina che in un'anno, e quello che fà il Sole sopra di noi, come si fà? Avete mai osservato, le risposi, che una palla, che girerebbe su questo viale, avrebbe sempre due movimenti? Essa anderebbe verso il termine, ove s'indrizza, e girerebbe intanto più e più volte sopra di se stessa; dimodochè la parte di questa palla, ch'è in alto discenderebbe al basso, e quella d'abbasso salirebbe in alto. La stessa cosa fà la Terra. Nel tempo, ch'essa s'inoltra sopra del Circolo, che descrive in un'anno intorno al Sole, gira sopra se stessa in ventiquattr'ore. Così in ventiquattr'ore ciascheduna parte della Terra perde il Sole, e lo recupera, ed a misura che girando si và da quella parte, dove è il Sole, pare ch'egli s'alzi, e quando si comincia ad allontanarsene, sempre continuando il giro, pare ch'egli s'abbassi. Oh, mi sembra pur curioso! disse la Marchesa. La Terra s'incarica di tutto, e'l Sole non fà nulla. E quando a noi sembra, che la Luna, e gli altri Pianeti, e le Stelle Fisse facciano un giro sopra di noi in ventiquattr'ore, è questa dunque ancora una immaginazione? Pura immaginazione, io replicai, che deriva dalla stessa cagione. I Pianeti fanno solamente i loro Circoli intorno al Sole in tempi ineguali, secondo le loro ineguali distanze; e quello, che noi vediamo oggi corrispondere ad un certo punto del Zodiaco, o di quelle Stelle Fisse, che hò accennate, lo vediamo domani all'istessa ora corrispondere ad un'altro punto; sì perchè egli si è inoltrato su'l proprio Circolo, come perchè noi ci siamo avanzati su'l nostro. Noi camminiamo, e gli altri Pianeti pure camminano, ma con maggiore, o minore celerità di noi; e ciò ci pone in differenti punti di vista a lor riguardo, e ci fà apparire nel loro corso molte bizzarrie, delle quali poco monta, che vi faccia ora parola. Basta che da voi si sappia che ciò, che vi è d'irregolare ne' Pianeti, non avviene se non dalla diversa maniera, colla quale il nostro moto celi fà rincontrare, ma che in effetto sono pur tutti regolatissimi. Consento di buona voglia, disse la Marchesa, che siano tali, ma mi sarebbe caro, che la loro regolarità costasse meno alla Terra. Non è stata essa guari risparmiata; e per una gran mole, e così grave, si esigge da lei troppa agilità. Ma, io le risposi, stimereste voi meglio che'l Sole, e tutti gli altri Astri, che sono Corpi grandissimi, facessero in ventiquattr'ore un giro immenso intorno la Terra; che le Stelle Fisse, che sarebbero nel più gran Circolo, facessero in un giorno più di ventisette mila sei cento sessanta volte due cento milioni di leghe? Perchè è necessario che tutto ciò avvenga, se la Terra non gira sopra se stessa in ventiquattr'ore. Per verità, molto più ragionevole è ch'essa faccia questo giro, che non è tutt'al più che di nove mila leghe. Voi ben vedete, che nove mila leghe sono un frullo a petto di tanti milioni di milioni.

Oh! replicò la Marchesa, il Sole, e gli Astri sono tutti di fuoco, ed il moto non lor costa nulla; ma la Terra non mi sembra troppo portatile. E credereste voi, le replicai, se non ne aveste l'esperienza, che fosse qualche cosa molto portatile una Nave arredata di cento cinquanta pezzi di Cannoni, e carica di più di trè mila uomini, e d'una grandissima quantità di mercatanzie? E pure basta un picciol soffio di vento per farla andar sopra l'acqua; perchè essendo l'acqua liquida, e lasciandosi facilmente dividere, resiste poco al movimento della Nave; e se è nel mezzo d'un fiume seguirà senza difficoltà il corso dell'acqua, perchè non vi è cosa alcuna che la ritenga. Così la Terra per massiccia che sia, viene agevolmente portata nel mezzo della materia celeste, che è incomparabilmente più fluida dell'acqua, e che riempie tutto questo spazio, in cui nuotano i Pianeti. E dove mai potrebbe la Terra essere attaccata per resistere a questa materia celeste, e non lasciarsi trasportare da essa? Egli è per l'appunto come se una picciola palla di legno potesse non seguire il rapido corso d'un fiume.

Ma, replicò la Marchesa, come può la Terra con tutto il suo peso sostenersi sopra la vostra materia celeste, quale essendo così fluida, deve esser' anche molto leggiera? Non è già vero, io risposi, che ciò, ch'è più fluido, sia anche più leggiero. Che dite voi del nostro gran Vascello, che con tutto il suo peso, è più leggiero dell'acqua, poichè vi stà a galla. Io non voglio nulla più dirvi, rispose la Marchesa come in collera, sino a tanto che voi avrete in testa cotesto grosso Vascello. Ma m'accertate voi bene, che nulla siavi da temere sù una girella sì leggiera, come voi mi fate la Terra? Eh bene, io le risposi di bel nuovo, facciamo portare la Terra da quattro Elefanti, come sanno gl'Indiani. Oh! questo è bene un'altro Sistema, ripigliò la Marchesa. E pure amo meglio quest'Indiani, per aver provveduto alla loro sicurezza, e fatti solidi fondamenti, ove noi altri Copernicani siamo assai inconsiderati per voler nuotare a caso in questa materia celeste. Scommetterei, che se gl'Indiani sapessero che la Terra fosse in qualunque menomo pericolo di muoversi, raddoppiarebbero le mute dei loro Elefanti.

Molto bene starebbe, io le risposi, ridendo del suo pensiero: non conviene risparmiare gli Elefanti, ove si tratta di dormire con sicurezza; e se voi ne avete bisogno per questa notte, ne porremo nel nostro Sistema il numero a vostra voglia, e poscia li torremo a mano a mano che vi sarete assicurata. Da dovero, rispose la Marchesa, io credo per adesso che non possano essermi necessarj, sentendomi animo a bastanza per girare. In breve voi sarete ancor meglio, le soggiunsi, prenderete anche diletto nel girare, e vi formerete su'l Sistema idee, che molto vi rallegreranno. Qualche volta, per esempio, mi figuro esser sospeso in aria, e restarvi senza moto, in quel mentre che la Terra gira sotto di me in ventiquattr'ore: veggo passare sotto i miei occhi tutti questi aspetti diversi; gli uni bianchi, gli altri neri, gli altri arsicci, e gli altri olivastri. M'appajono in prima i Cappelli, poscia i Turbanti, indi a poco Teste con lunghe chiome, e poi Teste tutte rase; ora Città con Campanili, ora Città con alte Guglie, che nella cima hanno le mezze lune, poi altre Città con Torri di Porcellana, e poi spaziosi Paesi, che non hanno che Capanne; quì vasti Mari, là spaventosi deserti; in somma tutta questa infinita varietà ch'è sopra la superficie della Terra.

A dire il vero, disse la Marchesa, tutte quelle cose meriterebbero bene che c'impiegassimo ventiquattr'ore del nostro tempo per vederle. Nello stesso luogo adunque, ove noi siamo al presente, non dico già in quello Parco, ma in quello stesso luogo a prenderlo in aria, ci passano continuamente altri Popoli, che prendono il nostro sito; ed a capo di ventiquattr'ore noi ci ritorniamo di bel nuovo.

Copernico stesso, io replicai alla Marchesa, non lo comprenderebbe meglio. In primo luogo passeranno di quì gl'Inglesi, che forse ragioneranno di qualche disegno politico, con meno allegria, che noi non ragioniamo della nostra Filosofia. Verrà dopo un gran Mare, e potrebbe darsi il caso, che vi si trovasse qualche Vascello, che non stesse sì agiatamente che noi ci troviamo qui. Dopo ci compariranno gl'Irochesi, che mangeranno vivo vivo qualche prigioniero di guerra, che farà vista di non curarsene; le Donne della Terra di Iesso, che impiegheranno tutto il loro tempo a preparare i pasti ai loro Mariti, ed a dipingersi di color turchino le labbra, e le ciglia, per piacere agli uomini i più difformi del mondo; sieguiranno forse i Tartari, che anderanno con una somma divozione in pellegrinaggio a quel gran Prete, che non esce giammai d'un luogo oscuro, circondato da per tutto di lampade, al lume delle quali viene adorato. Verranno dopo le belle Circasse, che senz'alcun ritegno concedono tutto a chiunque lene richiede, da quelle cose in fuori, che credono essenzialmente appartenersi ai loro Mariti. Vedransi altri piccoli Tartari, che vanno rubando femmine pe' Turchi, e pei Persiani. Finalmente vi ci ritroveremo noi stessi, che forse spaccieremo in quel tempo queste nostre baje Filosofiche.

Egli è pur curioso, disse la Marchesa, d'immaginarsi ciò, ch'è stato da voi or'ora divisato; ma se io lo vedessi da alto, vorrei aver la libertà d'affrettare, o di arrestare il corso della Terra, secondo che gli oggetti più, o meno mi dilettassero; e vi assicuro che farei andare a staffetta tutti coloro, che si distillano il cervello per politica, o che mangiano i loro nemici; ma vene sono degli altri, pei quali avrei molta curiosità; e certamente ne avrei per quelle belle Circasse, che hanno un'uso così particolare. Ma mi cade nell'animo una seria difficoltà: se la Terra gira, noi cangiamo d'aria ad ogni momento, e respiriamo sempre quella d'un'altro Paese. Nò, Signora, le risposi, l'aria che circonda la Terra, non si estende che sino ad una tal quale altezza, che sarà forse di sessanta miglia in circa; questa ci siegue, e gira con noi. Voi avete talvolta veduto l'opera de' Vermi da seta, o quelli bozzoli, che questi animaletti lavorano con tanta maestria per imprigionarvisi. Sono questi bozzoli d'una seta molto compressa, ma ricoperti d'una lanugine molto leggiera, e molto molle. Così la Terra, ch'è molto solida, è ricoperta dalla sua superficie sino ad una certa altezza, d'una specie di lanugine, ch'è l'aria, e tutto il bozzolo del Baco da seta gira al tempo stesso. Di là dall'aria è la materia celeste, incomparabilmente più pura, più sottile, e dell'aria anche più agitata.

Voi mi rappresentate la Terra sotto idee molto dispregievoli, disse la Marchesa; e pure è sopra questo bozzolo di Baco da seta, che si fanno tanti sforzi, e guerre sì grandi, e che vi regna da ogni banda una sì grande agitazione. Si, io risposi, ed in questo mentre, la Natura, che nulla si cura di tutti questi moti particolari, ci trasporta tutti insieme con un moto generale, e si trastulla con questa piccola palla. Sembrami molto ridicolo, sogiunse la Marchesa, di stare sopra una cosa che giri, ed affaticarsi cotanto; ma il male si è, che non siamo accertati di girare; poichè infine, per parlarvi ingenuamente, tutte le cautele, che voi prendete per impedire ch'altri s'avvegga del moto della Terra, mi sembran pure alquanto sospette. Come è possibile, che questo moto non lasci il menomo sensibile contrassegno, dal quale venga ad essere riconosciuto?

I moti i più naturali, io le risposi, ed i più ordinarj, sono quelli, che si fanno il meno sentire; e ciò si avvera sin nella Morale. Il moto dell'amor proprio ecci così naturale, che'l più delle volte non lo sentiamo, e crediamo d'operare spinti da altri principj. Oh, oh! voi moralizzate, disse la Marchesa, e quando si tratta di Fisica, questo si chiama sbadigliare. Credo che sia tempo da ritirarci, tanto più che si è a bastanza ragionato per la prima volta. Domani riverremo quì, voi co' vostri Sistemi, ed io colla mia ignoranza.

Ritornando al Palazzo, le dissi, per porre fine alla materia de' Sistemi; che ven'era un terzo, inventato da Ticone Brahè, che volendo ad ogni conto, che la Terra fosse immobile, la situava nel centro del Mondo, facendo girare il Sole intorno di essa, ed intorno al Sole tutti gli altri Pianeti; giacchè dopo le nuove discoperte non vi è più modo di far girare i Pianeti intorno alla Terra. Ma la Marchesa, che ha il discernimento acuto, e pronto, credette cosa troppo affettata l'esimere la Terra dal girare intorno al Sole, poichè tanti altri gran Corpi non potevano rendersene esenti; giudicò che il Sole non era più sì atto a girare intorno alla Terra, da che tutti i Pianeti giravano intorno di esso; che questo Sistema non poteva valere ad altro, tutto al più, ch'a sostenere l'immobilità della Terra, quando pure si avesse gran voglia di sostenerla, e nulla affatto a persuaderla; e finalmente fù risoluto di appigliarsi a quello di Copernico, che è più ridente, e che non è condotto da alcun pregiudizio. Effettivamente la sua semplicità ci persuade, e'l suo ardire ci fà piacere.

SERA SECONDA.

Che la luna sia una terra abitata

La mattina seguente, subito ch'entrar si potè nell'Appartamento della Marchesa, inviai per sapere sue nuove, e domandarle se aveva potuto dormire girando. Ella mi fece rispondere, ch'era di già intieramente assuefatta a questo andamento della Terra, e che aveva passato la notte con altrettanta tranquillità, che Copernico stesso avrebbe potuto farlo. Qualche tempo dopo vennero da lei più persone, che vi stettero sino alla sera, secondo il fastidioso costume della Villa; e convenne anche esser loro obbligati, poichè la Campagna lor dava il dritto di prolungar la visita fino al dì seguente, se l'avessero voluto, ma furono pure assai cortesi per non farlo. Essendoci adunque la Marchesa, ed io, ritrovati liberi, andammo di bel nuovo la sera nel Parco, e la conversazione cadde subito sulla materia dei nostri Sistemi. Essai avea sì ben compresi, che non degnò di parlarne una seconda volta, e volle esser condotta a qualche cosa di nuovo. E ben dunque, diss'io, poichè il Sole, ch'al presente è immobile, hà cessato d'esser Pianeta, e che la Terra, che si muove intorno di esso, hà cominciato ad esserne uno, voi non rimarrete tanto meravigliata udendo dire che la Luna sia una Terra come quella nostra, e che secondo ogni apparenza, sia anch'essa abitata. A dir vero, soggiunse la Marchesa, io non ho giammai inteso parlare della Luna abitata, che come d'una pazzia, e d'una folle visione. Tale è forse in effetto, io le risposi; e per me non prendo partito in queste cose, se non come appunto si fa nelle Guerre civili, nelle quali l'incertezza degli avvenimenti fa che si trattengano sempre mai intelligenze colla parte opposta, e si procuri di star bene cogli stessi nemici. Ancorchè da me si creda la Luna abitata, pure non tralascio di viver civilmente con coloro che credono altramente, e sono sempre in punto di poter pormi dalla parte della loro opinione con onore, in caso che questa vincesse la tenzone; ma aspettando ch'abbiano sopra di noi qualche segnalato vantaggio, ecco ciò che mi hà indotto a credere che la Luna abbia essa pur'anche i suoi Abitanti.

Poniam caso che giammai siavi stato alcun commercio tra Parigi, e San Dionigi; e che un Cittadino di Parigi, mai uscito dalla sua Città, si ritrovi sulle Torri di Nostra Dama, e vegga da lungi San Dionigi; gli verrà domandato, se crede che San Dionigi sia abitato come Parigi. Egli risponderà arditamente di nò; imperocchè io veggo bene, dirà, gli Abitanti di Parigi, ma per quelli di San

Dionigi non li veggo, nè giammai sene è inteso parlare, Saravvi qualch'uno, che gli esporrà, che in fatti quando si è sulle Torri di Nostra Dama, non si veggono gli Abitanti di San Dionigi, ma che la lontananza ne è la sola cagione; che tutto ciò, che può vedersi di San Dionigi rassomiglia molto a Parigi; che San Dionigi hà Campanili, Case; e Mura, e che potrebbe anche rassomigliarsi a Parigi nell'essere abitato. Tutto ciò non basterà per appagare il mio Cittadino: e si ostinerà sempre più nella sua prima credenza, sosterrà che San Dionigi non è abitato, perchè non vi vede Abitante alcuno. Il nostro San Dionigi è la Luna, e ciascheduno di noi è quel Cittadino di Parigi, che non è mai uscito dalla sua Città.

Voi ci fate un bell'onore, interruppe la Marchesa, nel crederci così sciocchi che'l vostro Cittadino; e poichè vede che San Dionigi è fatto per l'appunto come Parigi, è necessario che egli sia affatto privo di senno per non crederlo abitato; ma la Luna non, è in alcuna maniera fatta come la Terra. Ponete mente, Signora, io ripresi, perchè se tant'è che la Luna rassomigli in tutto e per tutto alla Terra, voi sarete costretta di credere la Luna abitata. Confesso, rispose la Marchesa, che non vi sarà modo di scusarsene; ed io di già vi veggo un'aria di sicurezza, che mi dà molto da temere. I due moti della Terra, dei quali non avrei mai dubitato, m'intimidiscono su tutto il rimanente; ma per altro, sarebbe egli possibile che la Terra fosse luminosa come la Luna? Perchè ci vuol questo per la loro rassomiglianza. Eh! Signora, io replicai, l'esser luminoso non è una cosa sì grande, quale voi vel'immaginate. Solamente nel Sole questa qualità diviene ragguardevole. Egli è luminoso da per se stesso, ed in virtù d'una natura particolare, ch'egli hà; ma i Pianeti non risplendono, se non perchè sono sono illuminati da lui. Egli trasmette il lume alla Luna; questa celo rinvia, ed è necessario che la Terra anch'essa rinvii alla Luna il lume del Sole; non essendovi maggior distanza dalla Terra alla Luna, di quella, che vi è dalla Luna alla Terra.

Ma, disse la Marchesa, la Terra hà ella la stessa proprietà. della Luna a rinviare il lume del Sole? Vi veggo sempre, io replicai, un resto di stima per la Luna, di cui vi è gran pena il disfarvene. La Luce è composta di piccole palle, che balzano sopra tutto quel chè sodo, e ritornano da un'altra parte; in vece che queste passano a traverso di ciò, che lor presenta aperture in linea retta, come l'aria, o'l vetro. E se la Luna c'illumina, ciò avviene, perchè è un corpo duro, e solido, che ci rinvia queste picciole palle. Ora io credo, che voi non contrasterete alla Terra questa stessa durezza, e solidità. Ammirate adunque ciò, che sia l'esser situato avvantaggiosamente. Perchè la Luna è lontana da noi, non la vediamo altramente, che come un Corpo luminoso, ed ignoriamo ch'essa sia una grossa massa simile alla Terra. Al contrario, perchè la Terra hà la disgrazia d'esser da noi veduta troppo da vicino, non ci apparisce che una grossa massa, propria solamente a somministrare il pascolo agli animali; e non ci avvediamo ch'essa sia luminosa, solo per non poterci noi porre ad una conveniente distanza. Sarebbe dunque la stessa cosa, disse la Marchesa, quando siamo offuscati dallo splendore delle condizioni superiori alle nostre, e che non vediamo che in sostanza queste si assomigliano pienamente a tutte l'altre.

Per l'appunto è l'istessa cosa, io risposi. Noi vogliamo giudicar dii tutto, e siamo sempre in un pessimo punto di vista. Vogliamo giudicar di noi stessi, e ne siamo troppo vicini; vogliamo giudicar degli altri, e ne siamo troppo lontani. Chi potesse restare fra la Luna, e la Terra, starebbe nel vero sito per ben vederle ambedue. Sarebbe d'uopo esser solamente spettatore del Mondo, e non abitante. Non mi consolerò mai, disse la Marchesa, dell'ingiustizia, che noi facciamo alla Terra, e della opinione troppo favorevole, che abbiamo per la Luna, se voi non mi assicurate, che le sue Genti non conoscano meglio i loro vantaggi di quello, che noi conosciamo i nostri, e che essi prendano la nostra Terra per un'Astro, senza sapere che la loro abitazione, anch'essa ne sia uno. Vene dò piena sicurtà, io ripigliai. Noi lor sembriamo fare assai regolarmente le nostre funzioni di Astro. Egli è ben vero, che non ci veggono descrivere un Circolo intorno di essi, ma non importa, ecco come và la bisogna. La metà della Luna, che si trovò rivolta verso di noi al principio del Mondo, vi è stata sempre dopo nel modo stesso rivolta; essa non ci presenta mai altro, che quegli occhi, quella bocca, e'l resto di quel viso, che la nostra immaginazione le compone su'l fondamento delle macchie, che ci mostra. Se si presentasse a noi l'altra metà opposta, altre macchie differentemente disposte ci farebbero indubitatamente immaginare qualch'altra figura. Non è che la Luna non giri intorno di se stessa; essa vi gira nello stesso spazio di tempo, che gira intorno la Terra, cioè a dire in un mese; ma allora ch'essa fà una parte di questo giro sopra se stessa, e che dovrebbe a noi nascondere una guancia, per esempio, di questo suo preteso viso, e comparire qualche altra cosa, essa fà giustamente una simil parte del suo Circolo intorno della Terra, e ponendosi in un nuovo punto di vista, ci mostra ancora questa medesima guancia. Così la Luna, che a riguardo del Sole, e degl'altr'Astri, gira sopra se stessa, non vi gira a riguardo nostro. Le sembrano che tutti si levino, e tramontino nello spazio di quindici giorni; ma quanto alla nostra Terra, essa la vede sempre sospesa nel luogo stesso del Cielo. Questa immobilità apparente poco conviene ad un Corpo, che deve passar per un'Astro, ma si bene essa non è perfetta. La Luna hà un tal quale ondeggiamento, che fà che una picciola parte del viso si nasconde qualche volta, e che una piccola parte della metà opposta si faccia vedere. Or'essa non manca, crediatelo pure sulla mia parola, di attribuire a noi questo libramento, e d'immaginarsi che noi abbiamo nel Cielo un moto come di Pendolo, che và, e viene.

Tutti questi Pianeti, disse la Marchesa, sono fatti come noi, che accagioniamo sempre altrui dei nostri proprj difetti. La Terra dice: Non sono io che giro; è il Sole. La Luna dice: Non son'io, che tremolo; è la Terra. Errore da per tutto. Non vi consiglio, io risposi, d'intraprendere a riformarvi nulla vale meglio pienamente convincervi dell'intiera rassomiglianza, che vi è tra la Terra, e la Luna. Rappresentatevi queste due grandi Palle sospese ne' Cieli. Voi sapete che il Sole illumina sempre una metà de' Corpi, che sono rotondi, e che l'altra metà resta nell'ombra. Vi è dunque sempre una metà, sì della Terra, come della Luna, che è illuminata dal Sole, cioè a dire, che hà il giorno, ed un'altra metà, che è nella notte. Notate d'altronde, che come una Palla hà meno forza, e meno velocità dopo aver dato contro un muro, che l'hà rispinta altrove, così la luce s'indebolisce quando è rispinta da un'altro Corpo. Questa luce bianchiccia, che ci viene dalla Luna, è la medesima luce del Sole, ma non ci può venir dalla Luna, che per riflesso. Hà essa dunque perduta gran parte della forza, e della vivacità, che aveva quando era ricevuta direttamente dalla Luna; e questa luce risplendente, che noi riceviamo dal Sole, e che la Terra riflette sopra la Luna, non deve essere che una luce bianchiccia allora che vi è giunta. Così ciò, che apparisce a noi luminoso nella Luna, e che c'illumina nelle nostre notti, sono parti della Luna, che hanno il giorno; e le parti della Terra, che hanno il giorno, quando sono rivolte verso le parti della Luna, che hanno la notte, le illuminano nella medesima guisa. Il tutto dipende dal modo, con cui la Luna, e la Terra; si risguardano fra di loro. Ne' primi giorni del mese, ne' quali non si vede la Luna, essa si ritrova fra'l Sole, e noi, e cammina di giorno col Sole. Bisogna necessariamente che tutta la sua metà, che hà il giorno, sia rivolta verso il Sole, e che tutta la sua metà, che hà la notte, sia rivolta verso di noi. A noi è impossibile il vedere quella metà, che non ha lume alcuno per farsi vedere; ma questa metà della Luna, che hà la notte, essendo rivolta verso la metà della Terra, che hà il giorno, ci vede senza esser veduta, e ci vede sotto la stessa figura, colla quale noi vediamo la Piena Luna; ed allora, se mi è lecito di parlar così, essa è per le Genti della Luna Piena Terra. Quindi la Luna, che anticipa d'un mese sopra il suo Circolo, si disimpegna di sotto il Sole, e principia a volgere verso di noi un picciol canto della sua metà illuminata; ed ecco la Mezza Luna. Allora altresì le parti della Luna, che hanno la notte, cominciano a non più vedere tutta la metà della Terra, che ha il giorno, e noi siamo per esse in Decrescimento.

Basta così, disse baldanzosamente la Marchesa, io saprò tutto il resto quando ne avrò voglia; lasciate ch'io vi pensi un momento, e che conduca la Luna sopra il suo Circolo d'un mese. Io veggo in generale, che nella Luna hanno un mese tutto a rovescio del nostro, e scommetto, che quando abbiamo Piena Luna, tutta la metà luminosa della Luna è rivolta verso la metà oscura della Terra; che allora essi non ci veggono affatto, e che contano Terra nuova. Non vorrei che mi venisse rimproverato d'avermi fatto spiegare così minutamente una cosa sì facile. Ma gli Eclissi come vanno? Stà a voi l'indovinarlo, io risposi. Quando la Luna è nuova, che è fra'l Sole e noi, e che tutta la sua metà oscura è rivolta verso di noi, che abbiamo il giorno, voi ben vedete, che l'ombra di questa metà oscura si getta verso di noi. Se la Luna è giustamente sotto del Sole, quest'ombra celo nasconde, e nel medesimo tempo oscura una parte di questa metà luminosa della Terra, ch'era veduta dalla metà oscura della Luna. Ecco dunque un'Eclisse del Sole per noi nel nostro giorno, e un'Eclisse della Terra per la Luna nella sua notte. Quando la Luna è piena, la Terra è fra essa, e'l Sole, e tutta la metà oscura della Terra è rivolta verso tutta la metà luminosa della Luna. L'ombra della Terra si getta dunque verso la Luna; se cade sopra il Corpo della Luna, oscura quella metà luminosa, che noi vediamo, e toglie il Sole a questa metà luminosa, che aveva il giorno. Ecco dunque un'Eclisse della Luna per noi nella nostra notte, ed un'Eclisse del Sole per la Luna nel giorno, di cui essa gioiva. E se gli Eclissi non succedono ogni volta, che la Luna è fra'l Sole, e la Terra, o la Terra fra'l Sole, e la Luna, ciò adiviene perchè sovente questi tre Corpi non sono esattamente situati in diritta linea, e che per consequenza quello, che dovrebbe fare l'Eclisse, getta la sua ombra un poco da parte a quello, che dovrebbe esserne ricoperto.

Io sono molto meravigliata, disse la Marchesa, che siavi sì poco mistero negli Eclissi, e che tutto il Mondo non ne indovini la cagione. Eh! Signora, io risposi, vi sono ben molti Popoli, che nella maniera, colla quale prendono la cosa, staranno gran tempo ancora ad indovinarla. In tutte le Indie Orientali si crede, che quando il Sole, e la Luna, si eclissano, un certo Dragone, che ha gli artigli assai neri, si stenda sopra questi Astri, de' quali vuole impadronirsi; e voi vedreste in questo mentre i fiumi ricoperti tutti di teste d'Indiani, che si sono tuffati nell'acqua sino al collo, essendo questo, secondo essi, un'atto molto devoto, e molto proprio per ottenere dal Sole, e dalla Luna, che si difendano bene contro il Dragone. In America si persuadevano, che il Sole, e la Luna, erano in collera, quando si eclissavano; e Dio sà, che cosa facevano per rappacificarsi con esso loro. Ma i Greci che eran pure così scaltri, non hanno essi per gran tempo creduto, che la Luna fosse ammaliata, e che le Maghe la facessero discendere dal Cielo per gettar sopra l'erbe una schiuma maligna, e malfaccente? E noi stessi, non avemmo una bella paura, trenta due anni sono (1654), ad un certo Eclisse del Sole, che succedette? Una infinità di gente non si tenne ella rinchiusa nelle cantine; ed i Filosofi, che scrissero per farci animo, non scrissero eglino in vano? E coloro, che s'erano ricoverati nelle cantine, usciron forse dal loro asilo?

In verità, ripigliò la Marchesa, tutto ciò reca pur troppo vergogna agli uomini; e dovrebbe esservi sentenza, che proibisse al Genere umano il parlar giammai d'Eclissi, per tema, che non venga conservata la memoria delle sciocchezze, che sono state dette, o fatte su tal soggetto. Converrebbe adunque, io replicai, che la stessa sentenza abolisse la memoria di tutte le cose, e proibisse che giammai si ragionasse di cosa alcuna; poichè io non sò nulla al Mondo, che non sia il monumento di qualche sciocchezza degli uomini.

Ditemi, in cortesia, disse la Marchesa, hanno nella Luna tanta paura degli Eclissi i quanta ne abbiamo quà giù tra noi? Mi sembrarebbe del tutto ridicolo, che gl'Indiani si tuffassero nell'acqua come i nostri; che gli Americani credessero la nostra Terra in collera contro di loro; che i Greci s'immaginassero che noi fossimo ammaliati, e che andassimo a guastar le loro erbe, e che finalmente rendessimo ad essi quella costernazione, che essi a noi cagionano quà giù; Non ne dubito in alcun modo, io risposi. Vorrei ben sapere per qual motivo quei Signorini della Luna dovrebbero essere più prodi di noi. Per qual dritto ci farebbero eglino paura, senza riceverne da noi? Anzi crederei, io soggiunsi ridendo, che come un numero prodigioso d'uomini sono stati, e lo sono ancora, assai pazzi per adorar la Luna, vi sia Gente nella Luna, che adori la Terra, e che siamo gli uni innanzi gli altri inginocchioni. Dopo questo, disse la Marchesa, noi possiamo anche pretendere di mandar'influenze alla Luna, e di cagionar Crisi a' suoi ammalati; ma se tra' popoli di colà sù vi sia fior di senno, tanto basta per distruggere tutti questi onori, de' quali ci lusinghiamo, e temo che non siamo per averne qualche svantaggio.

Non temete nulla, io risposi, non vi è alcuna apparenza, che noi siamo l'unica sciocca specie dell'Universo. L'ignoranza sembra fatta per esser generalmente sparsa da per tutto; e benchè io non faccia che indovinare quella delle Genti della Luna, pure non la metto più in dubbio che le nuove le più sicure, che ci vengano da quelle parti.

E quali sono queste nuove sicure, interruppe la Marchesa? Sono quelle, io risposi, che ci sono riferite da quelle persone perite, che vi viaggiano giornalmente co' Cannocchiali. Essi vi diranno avervi discoperte Terre, Mari, Laghi, Montagne altissime, e profondissimi Abissi.

Voi mi fate molto meravigliare; ripigliò la Marchesa. Io ben comprendo, che scoprir si possono nella Luna Montagne, ed Abissi; ciò apparentemente si riconosce da inegualità notabili; ma come distinguere Terre, e Mari? Si distinguono, io risposi, perchè le acque, che lasciano passare per mezzo di esse medesime una parte della luce, e che per conseguenza ne tramandano meno, pajono da lontano come macchie oscure; e che le Terre, che per la loro solidità la tramandano tutta, sono luoghi molto più rilucenti. L'illustre Signor Cassini, che conosce il Cielo meglio di chi che sia, hà scoperto nella Luna qualche cosa, che si divide in due, e dopo essersi riunita, va a perdersi in una specie di pozzo. Noi possiamo lusingarci con apparenza che questo sia un fiume. In somma tutte queste differenti parti sono a bastanza conosciute, per aver potuto dare a ciascheduna il suo nome; e sono spesso nomi d'uomini dotti: Un luogo si chiama Copernico, un'altro Archimede, un'altro Galileo; vi è un Promontorio di Sogni, un Mare di Pioggie, un Mare di Nettare, un Mare di Crisi; la descrizzione della Luna è finalmente sì esatta, che un'uomo intendente, che vi si trovasse presentemente, vi si smarrirebbe meno di quel ch'io farei dentro Parigi.

Ma, riprese la Marchesa, averei pur gran voglia di sapere più particolarmente, come sia fatto l'interno del Paese. Non è possibile, io replicai, che gli Astronomi vene istruiscano; è d'uopo domandarlo ad Astolfo, che fù condotto nella Luna da San Giovanni. Io vi parlo di una delle più graziose pazzie dell'Ariosto, e sono ben sicuro che vi farà piacere il saperla. Confesso che avrebbe fatto meglio di non mischiarvi San Giovanni, il di cui nome è sì degno di venerazione; ma finalmente questa è una licenza poetica, che può solamente credersi un poco troppo allegra. Con tutto ciò il Poema intiero vien dedicato ad un Cardinale; ed un gran Papa l'hà onorato d'una strepitosa approbazione, che si vede al bel principio di alcune Edizioni. Ecco di che si tratta: Orlando Nipote di Carlo Magno era divenuto pazzo, perchè la bella Angelica l'aveva posposto a Medoro. Un giorno Astolfo, prode Paladino, trovandosi nel Paradiso terrestre, ch'era alla cima d'una altissima montagna, ove il suo ippogrifo l'avea trasportato, rincontrò San Giovanni, che gli disse, che per guarir la pazzia di Orlando, era necessario, che facessero insieme il viaggio della Luna. Astolfo, che nulla più desiderava, che di vedere nuovi Paesi, non fece punto pregarsi; ed ecco subito comparve un Carro di fuoco, che levò per aria l'Apostolo, e'l Paladino. Come Astolfo non era gran Filosofo, restò stupefatto in vedere che la Luna era molto più grande di quello, che gli era sembrata stando sulla Terra; ma vie più si meravigliò nel vedere altri Fiumi, altri Laghi, altre Montagne, altre Città, altre Selve; e ciò ch'avrebbe arrecato anche a me molta meraviglia, v'incontrò Ninfe, che andavano a caccia in quelle Selve. Quello però, che vide più curioso nella Luna, fù una gran valle, ove si rinveniva tutto ciò, che si perdeva sù la Terra, di ogni specie, che fosse, e le Corone, e le Ricchezze, e la fama, ed una infinità di Speranze, e'l Tempo, che si passa al Giuoco, e le Limosine, che si fanno fare dopo la morte, ed i Versi, che si presentano a' Principi, ed i Sospiri degli Amanti.

Quanto ai Sospiri degli Amanti, interruppe la Marchesa, non sò se al tempo dell'Ariosto erano perduti; ma al tempo d'oggidì, non credo vene sia alcuno, che vada alla Luna. Quando anche, Signora, non vi fosse altri che voi, io ripresi, vene avete di già fatto andare un gran numero. Finalmente la Luna è sì esatta a raccorre ciò, che si perde quà giù, che tutto vi è. Indovinate però, che cosa non si trova nella Luna? La Pazzia; tutta quella, che vi è giammai stata sulla

Terra, evvisi sempre conservata; ed in ricompenza non è credibile che quantità vi sia nella Luna di Senno perduto; è questo in tante Caraffine ripiene d'un liquore sottilissimo, e che facilmente svapora, se non è ben chiuso; e sopra ciascheduna di esse è scritto il nome di colui, a cui il Senno appartiene. Io credo, che l'Ariosto le ponga tutte in un mucchio, ma io amo meglio figurarmi, ch'esse siano tutte acconciamente disposte in lunghe Gallerie. Astolfo restò pieno di stupore vedendo piene al sommo le Caraffine di molte persone, ch'aveva pur credute savissime; ed io per me sono persuaso, che la mia si riempie a ribocco, da che discorro con voi di visioni, ora Filosofiche, ed ora Poetiche; ma ciò che mi consola è, che quanto prima dovrete avere ancor voi una picciola Caraffina nella Luna per tutte queste baje, che vi dico. Il buon Paladino trovò fra tante altre anche la sua; la prese colla licenza di San Giovanni, e ripigliò tutto il suo Senno pe'l naso, come acqua della Reina d'Ungheria; ma l'Ariosto dice, che non lo portò molto lontano, e lasciollo ritornare nella Luna, per una pazzia, che fece indi a non molto tempo. Non dimenticò pero la Caraffina d'Orlando, che fù in prima la cagione del suo viaggio. Durò molta fatica a portarla via, perchè il Senno di questo Eroe era di sua natura assai pesante, e che non vene mancava nè pure una goccia. L'Ariosto, secondo il lodevole suo costume di dire tutto ciò, che più gli aggrada, si rivolge dopo alla sua Donna, e seco favella con questi bellissimi Versi.

Chi salirà per me, Madonna, in Cielo,

A riportarne il mio perduto ingegno,

Che poiché uscì da bei vostr'occhi il telo,

Che il cuor mi punse, ogn'or perdendo vegno;

Né di tanta jattura io mi querelo,

Purchè non cresca, ma stia a questo segno;

Ch'io dubito, se più si và scemando,

Di venir tal, qual'hò descritto Orlando.

Per riaver l'ingegno mio, m'è avviso,

Che non bisogna, che per l'aria io poggi

Nel Cerchio della Luna, o in Paradiso,

Che'l mio non credo che tant'altro alloggi:

Ne' bei vostri occhi, e nel sereno viso,

Nel sen d'avorio, e alabastrini poggi

Sene và errando; ed io con queste labbia

Lo corrò, se vi par che lo riabbia.

Non è grazioso il concetto? In quanto a me, per ragionare come l'Ariosto, sarei di parere, che non si dovesse giammai impazzire, se non per Amore, imperocchè voi vedete che'l Senno non và molto lungi, e che basta solamente aver labbra per saperlo ricuperare; ma quando si perde per altre strade, come noi lo perdiamo, per esempio, a filosofare presentemente, sene và dritto nella Luna, e poi non si raccapezza di leggieri. Per ricompenza, rispose la Marchesa, le nostre Caraffine saranno onorevolmente riposte nella scanzia delle Caraffine Filosofiche, in vece che'l nostro Senno andrebbe forse quà giù errando sopra qualch'uno, che non ne sarebbe degno. Ma per finire di perdere il mio, ditemi ben seriamente, se voi credete che vi siano Uomini nella Luna, poichè fin'ora voi men'avete parlato in una maniera non ben positiva. Io! risposi, non credo in conto veruno che vi siano Uomini nella Luna. Vedete come la faccia della Natura è cangiata di quì alla Cina: diversi Volti diverse figure, diversi Costumi, e quasi diversi principj di ragionamento, Di quì alla Luna il cangiamento deve essere ancora più notabile. Quando si và verso alcune Terre nuovamente scoperte, appena sono Uomini gli Abitanti, che vi si trovano, sono più tosto Animali in figura umana, ed anche questa è ben delle volte molto imperfetta, ma quasi senza alcun lume di ragione. Se andar potessimo sino alla Luna, certamente non sarebbero più Uomini quei, che vi troveremmo.

Qual sorte dunque di Gente sarebbe ella, riprese la Marchesa, con un'aria d'impazienza? In buona fede, Madama, io replicai, non ne sò nulla. Se far si potesse che noi avessimo della ragione, e ciò non ostante, che non fossimo Uomini, e se da un'altro canto abitassimo nella Luna, c'immagineremmo noi mai, che vi fosse quà giù quella specie bizzarra di Creature; che si chiama il Genere umano? Potremmo noi figurarci qualche cosa, che avesse passioni sì pazze, e riflessioni sì savie; una sì breve durata, e mire sì lunghe; tanta scienza su cose quasi inutili, e tanta ignoranza su le più importanti; tanto ardore per la libertà, e tanta inclinazione alla servitù; una voglia sì smisurata d'esser felice, ed incapacità sì grande di esserlo? Converrebbe che la Gente della Luna avesse pur molto spirito, per indovinare tutte quelle contradizzioni. Noi stessi ci vediamo continuamente, e pure non abbiamo ancora indovinato come siamo fatti. Sino al punto, che alcuni han detto, che gli Dei erano ripieni di Nettare allora, che fecero gli Uomini, e che quando vennero a riguardare la loro opera a sangue freddo, non poterono far di meno di riderne. Eccoci adunque in Sicurezza dal canto degli Abitanti della Luna, disse la Marchesa, non ci indovineranno; ma io vorrei che noi potessimo indovinarli; perchè, a dire il vero, inquieta il sapere ch'essi siano colà sù in quella Luna, che noi vediamo, e non poterci figurare come siano fatti. E perchè, io risposi, non siete voi inquieta sù gli Abitanti di questa gran Terra Australe, che ci è ancora totalmente sconosciuta? Siamo condotti, e loro, e noi, sopra uno stesso Vascello, di cui essi occupano la Prora, e noi la Poppa. Voi vedete che dalla Poppa alla Prora non vi è veruna comunicazione, e che da un capo del Naviglio non si sà che Gente sia all'altro, nè ciò che vi faccia; e voi vorreste sapere ciò, che si passa nella Luna, in quell'altro Vascello, che sì lontano da noi naviga pe'l Cielo?

Oh! ripigliò la Marchesa, io conto gli Abitatori della Terra Australe per conosciuti, perchè certamente devono molto a noi rassomigliarsi; e perchè finalmente li conosceremo sempre che dar ci vorremo l'incommodo d'andarli a vedere; essi staranno sempre là, nè ci fuggiranno dalle mani; ma non conosceremo giammai la Gente della Luna; quella è una cosa da far disperare. Se vi rispondessi seriamente, io replicai, che non si sà ciò, ch'un giorno avverrà, voi vi burlereste di me, ed io senza dubbio lo meriterei. Pure mi difenderei forse bene, se lo volessi. Mi passa per la testa un pensiero assai ridicolo, che hà non di meno un'aria di verisimile, che mi fà stupire: io non sò dove possa averlo mai preso, tanto è strano. Scommetto di ridurvi a confessare contro ogni ragione, che un dì potrebbe esservi commercio fra la Terra, e la Luna. Rammentatevi alquanto lo stato, in cui era l'America prima che fosse scoperta da Cristoforo Colombo. I suoi Abitanti vivevano in una ignoranza estrema; non che le Scienze, ma nè pure conoscevano le Arti le più semplici, e le più necessarie; andavano nudi, non avevano altre armi che l'arco, non avevano giammai compreso come gli Uomini potessero esser portati dagli animali; riguardavano il Mare come un'immenso spazio vietato agli Uomini, che confinava col Cielo , e al di là del quale non vi era più nulla. Vero è che dopo avere impiegato anni intieri a scavare il tronco d'un grand'albero con pietre taglienti, si mettevano entro questo tronco su'l Mare, ed andavano terra terra spinti dal vento, e dall'onde. Ma come un così fatto Vascello era soggetto a rovesciarsi sovente, era lor d'uopo subito porsi a nuoto per raggiungerlo; e per dir giusto, nuotavano continuamente, da quel tempo in fuori, che davano al riposo. Chiunque avesse detto a costoro che vi era una sorte di navigazione incomparabilmente più perfetta; che potevasi traversare questa immensa pianura d'acque da tal parte, ed per tal verso che si fosse voluto, che potevasi arrestare, e rimaner fissi nel bel mezzo delle onde agitate, e commosse, ch'erasi padrone di navigare con più, o meno celerità, e che finalmente questo Mare, per vasto ch'egli si fosse, non era un'ostacolo alla comunicazione con altri Popoli, se pure vene erano al di là, voi potete far conto, che non l'avrebbero giammai creduto. Con tutto ciò, ecco un giorno uno spettacolo il più stupendo, e'l più inaspettato, che si presenta agli occhi loro. Grandi, e smisurati Corpi, che pajono aver'ali bianche, che volano su'l Mare, che vomitano fuoco da ogni canto, e che vengono a gettar sulla riva Gente non conosciuta, tutta ricoperta di ferro, che dispone a suo piacere de' Mostri, che accorrono ad affrontarla; che tiene nelle sue mani fulmini, co' quali abbatte tutto ciò, che si oppone, o che resister voglia alla sua forza. Donde mai sono venuti costoro? Chi hà mai potuto scortarli su'l Mare? Chi hà posto il fuoco in loro balìa? Sono questi i figli del Sole? Perchè certamente Uomini non sono. Io non sò, Signora, se voi risentite al par di me, lo stupore degli Americani, ma egli è certo, che non può giammai risentirsene un simile da chi che sia. Dopo un tale avvenimento non voglio più giurare, che un giorno non si possa aver commercio fra la Luna, e la Terra. Avrebbero gli Americani giammai creduto che dovette esservene uno fra l'America, e l'Europa, che essi nè pure conoscevano? Egli è vero che converrà traversare questo grande spazio d'Aria, e di Cielo, ch'è fra la Terra, e la Luna; ma questi gran Mari parevan forse agli Americani più proprj, e facili a varcarsi? In verità, disse la Marchesa, riguardandomi, voi siete pazzo. Chi vi dice il contrario, io risposi? Ma io voglio provarvelo, ella riprese, nè voglio contentarmi della confessione, che mene fate. Gli Americani erano a tal segno ignoranti, che non ardivano sospettare, che si fosse potuto fare una strada per mezzo di Mari sì vasti; ma noi, che abbiamo tante cognizioni, ben ci figureremmo, che si potrebbe andar per Aria, se effettivamente vi si potesse andare. Si fà anche di vantaggio, io replicai, che figurarsi la cosa possibile; di già si comincia a volare un poco; e varie persone hanno trovato il segreto di adattarsi le ali, che le sostengono in aria, di dar loro il moto, e di passar da una ripa ad un'altra dei Fiumi. A dire il vero, questi non sono stati voli d'Aquila, e ne è talora costato a questi nuovi uccelli un braccio, o una gamba; ma finalmente questo non rappresenta ancora che le prime tavole, che sono state poste sull'acqua, e che sono state il principio della Navigazione. Da quelle tavole, vi era ancora una grandissima distanza per pervenire alle grosse Navi, che posson fare il giro del Mondo; e pure a poco a poco sono venute le grosse Navi. L'arte di volare appena nasce; si perfezzionerà; ed un giorno si anderà fino alla Luna. Pretendiamo noi di aver scoperto tutte le cose, o di averle poste ad un punto, che nulla vi si possa aggiungere? Eh! di grazia, consentiamo che vi rimanga ancora qualche cosa da fare per gli secoli avvenire. Io non consentirò certamente, disse la Marchesa, che si possa mai volare senza rompersi subito il collo. E bene, io le risposi, se voi volete che si voli sempre sì male quà giù, si volerà meglio nella Luna. I suoi Abitanti saranno più atti di noi a questo mestiere; e poco finalmente importa che noi andiamo là, o ch'essi vengano quà giù; e noi saremo come gli Americani, che non si figuravano potersi navigare, ancorchè dall'altra parte del Mondo si navigasse molto bene. La Gente della Luna, ripigliò quasi in collera la Marchesa, sarebbe di già venuta. Gli Europei non hanno passato in America, che a capo di sei mil'anni; io replicai, scoppiando di ridere; fù loro necessario tutto questo tempo per perfezzionare la Navigazione sino al punto di poter traversare l'Oceano. La Gente della Luna sà forse di già fare piccioli viaggi in aria, adesso si esercita; quando sarà più abile, e più sperimentata, noi la vedremo, e Dio sà con quanto stupore. Voi siete insopportabile, disse la Marchesa, di volermi convincere con un sì stravagante ragionamento. Se voi mi fate andar'in collera, io ripresi, so bene ciò, che vi aggiungerò per fortificarlo. Considerate che il Mondo si scuopre a poco a poco. Gli Antichi credevano fermamente, che la Zona torrida, e le Zone agghiacciate, non potessero essere abitate, a cagione dell'eccesso del caldo, o del freddo; ed al tempo de' Romani la Carta generale della Terra era poco più ampia della Carta del loro Impero; altezza d'animo da un canto, che denotava molta ignoranza da un'altro. Nulla di meno si trovarono Uomini, e ne' Paesi caldissimi, e ne' Paesi freddissimi; ed ecco il Mondo di già agumentato. In processo di tempo si giudicò che l'Oceano ricoprisse tutta la Terra, fuori di quello, ch'era allora conosciuto, e che non vi fossero Antipodi, poichè non sen'era mai inteso parlare; e che in oltre, non avrebbero essi potuto stare co' piedi in alto, e la testa a basso. Dopo questo solenne ragionamento pur si scuoprono gli Antipodi; ed ecco una nuova riforma della Carta, ed una nuova metà della Terra. Voi m'intendete bene, o Signora, questi Antipodi, che si sono trovati contro ogni speranza, dovrebbero farci andare più a rilente ne' nostri giudizj. Il Mondo finirà forse di scoprirsi per noi, e'l nostro conoscimento penetrerà sin nella Luna. Noi non siamo ancora pervenuti a questo segno, perchè tutta la Terra non si è discoperta, e che apparentemente è d'uopo che tutto ciò si faccia per ordine. Quando noi avremo ben conosciuto la nostra abitazione, ci sarà permesso di conoscere quella de' nostri Vicini, la Gente della Luna. In verità, disse la Marchesa, riguardandomi attentamente, io vi trovo sì profondo su questa materia, che non è possibile che non crediate realmente ciò, che voi dite. Ben mene rincrescerebbe, io le risposi; voglio solo farvi vedere, che si può facilmente sostenere una opinione chimerica, per intrigare una persona di senno, ma non quanto basti per persuaderla. La verità sola persuade, anche senza bisogno di presentarsi con tutte le sue prove; essa entra così naturalmente nell'animo, che quando si conosce per la prima volta, sembra che non facciamo altro che ricordarcene. Ah! voi mi porgete un gran sollievo, rispose la Marchesa; il vostro falso ragionamento mi perturbava; ma ora mi sento in istato d'andare a dormire con maggior quiete, se pure a voi piace che ci ritiriamo.

SERA TERZA.

Particolarità del Mondo della Luna.

Che gli altri Pianeti siano anche abitati

La Marchesa volle anche durante il giorno impegnarmi a proseguire i nostri Ragionamenti; ma io le rappresentai, che sì fatte immaginazioni non doveansi considerare se non alla Luna, ed alle Stelle, tanto più che queste, e quella n'erano il solo oggetto. Non tralasciammo d'andar la sera nel Parco, ch'era omai divenuto un luogo consagrato alle nostre scientifiche conversazioni.

Parecchie nuove dar vi deggio, le dissi. La Luna, che jeri io vi diceva, che secondo tutte le apparenze era abitata, potrebbe pure non esserlo; hò pensato ad una cosa, che mene pone in forse. No'l comporterei certamente, ella rispose: jeri mi avevate disposta a veder quella Gente venir quà giù quanto prima, ad oggi non sarebbe tampoco al Mondo? Non vi burlerete sì facilmente di me: mi avete di già persuasa che vi siano Abitanti nella Luna; hò superato tutti gli ostacoli per crederlo, lo credo, e lo crederò sempre. Voi correte troppo in fretta, io ripresi: a cose di tal forte, che voglionsi credere, non conviene darvi se non la metà del nostro giudizio, e riserbarne libera l'altra parte, ove il contrario potesse esser ammesso, se facesse di bisogno. Io non mi appago di sentenze, replicò la Marchesa; andiamo al fatto. Non è egli di bisogno ragionar della Luna come si ragionerebbe di San Dionigi? Nò, Signora, io risposi, la Luna non si rassomiglia tanto alla Terra quanto San Dionigi si rassomiglia a Parigi. Il Sole attrae dalla Terra, e dalle acque esalazioni, e vapori, che elevandosi all'aria sino ad un tal qual grado di altezza, ivi si uniscono, e formano le nubi. Queste nubi sospese volteggiano irregolarmente intorno al nostro Globo, ed adombrano talora un Paese, talora un'altro. Chiunque da lungi vedesse la Terra, spesso si avvedrebbe di qualche cangiamento sulla sua superficie; perchè un vasto Paese ricoperto di nubi sarebbe un luogo oscuro, e che diverrebbe più luminoso allor che fosse discoperto. Si vedrebbero macchie, che cangierebbero sito, o si radunerebbero diversamente, o disparirebbero affatto. Si vedrebbero dunque questi medesimi cangiamenti sulla superficie della Luna, se fosse circondata di nubi; ma al contrario, tutte le sue macchie sono fisse, le sue parti luminose sono sempre le medesime; ed ecco il male. In questo modo, il Sole non attrae nè vapori, nè esalazioni dal di sopra della Luna. Egli è dunque un corpo infinitamente più duro, e più solido della nostra Terra, di cui le parti più sottili si distaccano più agevolmente dalle altre, e si elevano subito che son poste in moto dal calore. Egli è d'uopo che sia qualche ammasso di Scogli, e di Marmi, ove non si fa evaporazione alcuna; da un'altro canto l'evaporazioni si fanno sì naturalmente, e sì necessariamente, ove sono acque, che per certo non debbono esservi acque, ove non si fanno evaporazioni. Quali sono dunque gli Abitanti di questi Scogli, che nulla posson produrre, e di questo Paese, che non hà acque? Come! Disse la Marchesa, non vi si rammenta più, che m'avevate accertata, che nella Luna vi erano Mari, che si discernevano sin di quà giù? Non è che una congettura, le risposi; mene rincresce. Questi luoghi oscuri, che da noi si prendono per Mari, può farsi che non siano se non grandi concavità. Dalla distanza, ove noi siamo, ci è lecito di non indovinare totalmente giusto. Ma, disse la Marchesa, può ciò esser sufficiente per farci abbandonare gli Abitanti della Luna? Non affatto, io risposi; noi non ci determineremo nè a favor loro, nè contro di loro. Vi confesso la mia debolezza, replicò la Marchesa, non sono punto capace di vivere così in forse; mi è d'uopo di credere. Fissatemi prestamente ad una opinione sù gli Abitanti della Luna; conserviamoli, o annichiliamoli per mai sempre, e che non sene faccia più parola; ma conserviamoli pure, se vi è qualche verso; hò preso per essi un così fatto gusto, che mi rincrescerebbe di perderlo. Non lascierò dunque la Luna deserta, io ripresi, ripopoliamola per compiacervi. A dir'il vero, poichè l'apparenza delle macchie della Luna non cangia, non si può credere ch'ella abbia all'intorno di se nuvoli, che adombrino ora una parte, ora un'altra; ciò però non vuol dire, che non renda nè vapori, nè esalazioni. I nostri nuvoli, che vediamo portati in aria, altro non sono che vapori, ed esalazioni, che all'uscir dalla Terra erano separate in troppo piccole parti per poter'esser vedute, e che hanno incontrato alquanto più in alto un freddo, che le hà ristrette, e rese visibili per la riunione delle loro parti; divengono dopo gran nuvoli, che ondeggiano in aria, ove sono Corpi stranieri, sino a tanto che si dissolvano in pioggie. Ma queste medesime esalazioni si tengono talora assai disperse per essere impercettibili, e non si riuniscono, che nel formare una sottilissima rugiada, che non vedesi cadere da alcun nuvolo. Suppongo adunque che escano vapori dalla Luna; poichè finalmente è necessario che n'escano, non essendo credibile che la Luna sia una massa, le di cui parti siano tutte d'una uguale solidità, tutte ugualmente in riposo le une presso dell'altre, tutte incapaci di ricevere alcun cangiamento per l'attività del Sole sopra di esse. Noi non conosciamo alcun Corpo di tal natura;

i Marmi istessi non sono tali; le cose le più solide cangiano, e si alterano, siasi pe'l moto segreto, ed invisibile, ch'esse hanno in se stesse, siasi per quello che ricevono al di fuori. Ma i vapori della Luna non si raccorranno intorno di esse in nuvoli, nè ricaderanno sopra di essa in pioggie, ma formeranno solamente rugiade. Basta per questo, che l'aria, da cui apparentemente la Luna è circondata nel suo particolare, come la Terra lo è dalla sua, siasi un'aria alquanto differente dalla nostra, e' vapori della Luna pur'anche alquanto differenti da' vapori della Terra: e ciò è certamente più verisimile. Ed essendo così, la materia essendo altramente disposta sulla Luna, che sulla Terra, bisogna che gli effetti siano anche differenti; ma non importa; sì veramente che noi abbiamo trovato un moto interiore nelle parti della Luna, o prodotto da cagioni straniere, ecco che i suoi Abitanti rinascono, ed abbiamo il fondo necessario per la di loro sussistenza. Questo ne somministrerà frutta, biade, acque, e quel tanto, che potremmo desiderare. Io intendo frutta, biade, acque, alla maniera della Luna, che fò professione di non conoscere, il tutto adattato al bisogno de' suoi Abitanti, che non conosco tampoco.

Bembè, soggiunse la Marchesa: voi sapete che tutto è in assetto, senza sapere come lo sia; cioè molta ignoranza, e pochissima scienza; ma è d'uopo consolarsene, e mi reputo pur troppo felice di che abbiate reso alla Luna i suoi Abitanti. Sono ancora contentissima che le diate un'Aria, che la circondi nel suo particolare, e mi sembrerebbe oramai che senza questo un Pianeta sarebbe pur troppo nudo.

Quelle due Arie differenti, io ripresi, contribuiscono ad impedire la comunicazione de' due Pianeti, Se si potesse volare, che sappiam noi, come vi diceva jeri, se non voleremo un giorno? Confesso però che non vi è molta apparenza. La gran distanza, che vi è dalla Luna alla Terra sarebbe pure una difficoltà a vincere, che è certamente considerabile; ma quando anche questa non vi s'incontrasse, e che i due Pianeti fossero più vicini, non sarebbe tampoco possibile di passare da un'Aria ad un'altra. L'Acqua è l'Aria de' Pesci; giammai questi passano nell'Aria degli Uccelli, nè gli Uccelli nell'Aria de' Pesci; non è la distanza che nel'impedisce; ma ciò avviene, perchè ciascheduno hà per prigione l'Aria, ch'egli respira. Noi troviamo che la nostra è mista di vapori più densi, e più grossolani di quelli della Luna. A questo conto un Abitante della Luna, che fosse giunto a' confini del nostro Mondo, subito si annegherebbe all'entrare nella nostr'Aria, e lo vedremmo cader morto sulla Terra.

Oh, ch'avrei pur voglia, esclamò la Marchesa, che succedesse qualche gran naufragio, che gettasse quà giù gran numero di quella Gente, di cui considerar potessimo a nostro bell'agio le strane figure! Ma, io replicai, s'eglino fossero assai destri per navigare sulla superficie esteriore della nostr'Aria, e che di là per la curiosità di vederci, ne pescassero come pesci, piacerebbe a voi questo giuoco? Perchè nò? Ella ridendo rispose: io per me mi porrei volontariamente nelle loro reti, per aver solamente il piacere di veder coloro, che mi averebbero pescata.

Pensate, io replicai, che giungereste molto ammalata all'alto della nostr'Aria; questa non è per noi respirabile in tutta la sua estenzione, anzi è impossibile che lo sia. Si dice che non lo sia di già quasi più all'alta cima di certe montagne; ed io mi meraviglio molto, che coloro che hanno la pazzia di credere, che alcuni Genj corporei abitino l'Aria la più pura, non dicano altresì, che la cagione che questi Genj ci rendono rarissime, e brevissime visite, sia quella d'esserne pochi fra essi, che sappiano tuffarsi nell'Aria, e che anche questi pochi non possano tuffarsi sin' al fondo di quest'Aria folta, ove noi siamo, che per un molto brieve spazio di tempo. Ecco dunque molte barriere naturali, che c'impediscono l'uscita dal nostro Mondo, e l'ingresso in quello della Luna. Procuriamo almeno, per nostra consolazione, d'indovinare di quel Mondo ciò che possiamo. Io credo, per esempio, che di necessità il Cielo, il Sole, e gli Astri vi si veggano d'un'altro colore, che noi li vediamo. Tutti questi oggetti non sono da noi veduti, che a traverso d'un'Occhiale naturale, che celi cangia. Quest'Occhiale è la nostra Aria, mischiata, come lo è di vapori, e di esalazioni, e che non si distende molto in alto. Alcuni Moderni pretendono, che per se stessa sia turchina, quale appunto lo è l'acqua del Mare, e che questo colore non si vegga nell'una, e nell'altra, ch'ad una grande profondità. Il Cielo, dicono costoro, ove sono attaccate le Stelle Fisse, non hà per se stesso alcuna Luce, e per conseguenza dovrebbe parer nero; ma si vede a traverso dell'Aria, che è turchina, e ci apparisce turchino. Quando ciò sia, i raggi del Sole, e delle Stelle non possono passare a traverso dell'Aria, senza tingersi alquanto del suo colore, e perdere altrettanto di quello, che loro è naturale. Ma quando pure l'Aria non fosse colorata da per se stessa, egli è certo che a traverso d'una folta nebbia la Luce d'una fiaccola, che si vede alquanto distante, sembra tutta rossiccia, benchè tale non sia il suo vero colore; e la nostra Aria non altro ella è ch'una folta nebbia, che alterar ci dee il vero colore e del Cielo, e del Sole, e delle Stelle. Toccherebbe solamente alla Materia celeste di recarci la Luce, ed i colori con tutta la loro purità, e quali essi si sono. Perciò, poichè l'Aria della Luna è d'una natura differente da quella della nostra Aria, o essa è tinta in se stessa d'un'altro colore, o almeno è un'altra nebbia, che cagiona un'altra alterazione a' colori de' Corpi celesti. Finalmente, a riguardo della Gente della Luna, questo Occhiale, a traverso di cui si vede tutto, è cangiato.

Ciò fammi preferire il nostro soggiorno a quello della Luna, disse la Marchesa; io non saprei credere che'l misto de' colori celesti vi sia sì bello, che lo è quì. Supponiamo, se vi aggrada, un Cielo rosso colle Stelle verdi, l'effetto non sarebbe sì grato, come quello che fanno le Stelle color d'oro su'l turchino. Direbbesi all'udirvi, io ripresi, che assortite un vestito, o un mobile; ma credetemi pure, la Natura ha gran senno; lasciate ad essa la cura d'inventare un'assortimento di colori per la Luna, ed entro mallevadore, che sarà bene inteso. Ella non avrà mancato di variare lo spettacolo dell'Universo a ciaschedun punto di vista differente, e di variarlo d'una maniera sempre dilettevole.

Riconosco la sua sagacità, interruppe la Marchesa, ella si è risparmiata la fatica di cangiare gli oggetti per ciaschedun punto di vista; non ha cangiato se non gli Occhiali, ed hà l'onore di quella gran diversità, senza averne fatta la spesa. Con un'Aria turchina, ci dà un Cielo turchino; e forse con un'Aria rossa, dà un Cielo rosso agli Abitanti della Luna, e pure è sempre il medesimo Cielo, Mi sembra ch'ella ci abbia anche posto nella immaginazione certi Occhiali, a traverso de' quali vediamo tutto, e che cangiano molto gli oggetti a risguardo d'ogni uomo. Alessandro vedea la Terra come un bel sito, proprio a potervisi stabilire un grand'Imperio. Celadone non la vedeva se non come il soggiorno di Astrea. Un Filosofo la vede come un gran Pianeta, che và pe' Cieli, tutto ricoperto di pazzi. Io quanto a me non credo che lo spettacolo faccia maggior cangiamento dalla Terra alla Luna, di quello che fa quà giù d'immaginazione ad immaginazione.

Il cangiamento dello spettacolo è più meraviglioso nelle nostre immaginazioni, io replicai, poichè in fatti non sono se non gli stessi oggetti, che si veggono differentemente; almeno nella Luna si possono vedere altri oggetti, o non vederne alcuni di quelli, che quà giù si veggono. Far si potrebbe che in quel Paese non si conoscesse nè l'Aurora, nè i Crepuscoli. L'Aria che ci cinge d'ogn'intorno, e che è elevata di sopra di noi, riceve raggi, che non potrebbero cadere sulla Terra; e perchè è molto grossolana, ne ritiene una parte, e celi rinvia, ancorchè non fossero naturalmente a noi destinati. Così l'Aurora, ed i Crepuscoli sono una grazia, che la Natura ci compartisce, è una Luce, che regolarmente noi non dovremmo avere, e ch'essa ci dà per derrata di quel tanto, che ci è dovuto. Ma nella Luna, ove apparentemente l'Aria è più pura, potrebbe ben darsi il caso, ch'essa non fosse sì atta a rinviare al basso i raggi, che riceve avanti lo spuntar del Sole, o dopo ch'egli è tramontato. I di lei poveri Abitanti non hanno dunque questa Luce di grazia, che fortificandosi a poco a poco, li preparerebbe aggradevolmente all'arrivo del Sole; o che a mano a mano indebolendosi, gli avvezzerebbe alla privazione di esso. Eglino sono nelle profonde tenebre, e sembra ch'ad un tratto si tiri una tenda, ecco i loro occhi offesi da tutto lo splendore, che è nel Sole; sono eglino in una Luce viva, e scintillante, ed eccoli pur'anche ad un tratto caduti nelle profonde tenebre. Il Giorno, e la Notte non sono legati da un mezzo, che partecipi dell'uno, e dell'altra. L'Arcobaleno è anche una cosa, che manca agli Abitanti della Luna; poichè se l'Aurora è un'effetto della densità dell'Aria, e de' vapori, l'Arcobaleno si forma ne' nuvoli, che cadono in certe circonstanze; e noi siamo debitori delle più belle cose del Mondo alle cose, che sono meno belle. Poichè intorno alla Luna non vi sono nè vapori assai grossi, nè nuvoli piovosi, addio l'Arcobaleno, e l'Aurora; ed a che si rassomiglieranno le Belle d'un tal Paese? Qual sorgente di comparazioni perduta!

Io non sospirerei tali comparazioni, disse la Marchesa, e trovo che gli Abitanti della Luna sono a bastanza ricompensati di non aver nè Aurora, nè Arcobaleno; poichè per la medesima ragione non debbono conoscere nè folgori, nè tuoni, come cose, che anche si formano ne' nuvoli. Regnano colà sù Giorni sempre sereni, nel corso de' quali il Sole giammai vi si perde di vista. Non vi sono Notti, nelle quali non si veggano tutte le Stelle; non vi si conoscono nè turbini, nè tempeste, nè verun'altra cosa, che sembra essere un'effetto dell'ira del Cielo; pare a voi che quegli Abitanti siano tanto da compiangere? Voi mi fate veder la Luna come un soggiorno d'incanto, io risposi; pure non sò se sia un diletto sì grande l'aver sempre sù la testa per più giorni (ciascheduno de' quali ne vale quindeci de' nostri) un Sole ardente, di cui verun nuvolo possa moderare il calore. Può essere altresì che sia per questa cagione che la Natura abbia cavato nella Luna certe sorti di Pozzi, che sono assai grandi per esser veduti co' nostri Cannocchiali; giacchè non sono punto Valli, che siano fra Montagne, sono puramente fossi, o concavità, che si veggono nel mezzo di certi luoghi piani, ed in gran numero. Chi sà, se gli Abitanti della Luna, incomodati dal perpetuo ardore del Sole, non si ricoverino in quei gran Pozzi? Forse non abitano altrove, ed ivi edificano le loro Città. Noi vediamo quà giù che Roma sotterranea è più grande di Roma, che è sopra la Terra. Se si togliesse via questa, l'altra sarebbe una Città alla maniera della Luna. Tutto un Popolo è in un pozzo, e da un pozzo ad un'altro vi sono strade sotterranee per la comunicazione de' Popoli. Voi vi fate beffe di questa visione, ed io di buon'animo vi consento; avvegnachè, per parlarvi da senno, voi potreste ingannarvi più facilmente di me. Voi credete che la Gente della Luna debba abitare sulla superficie del suo Pianeta, perchè noi abitiamo sulla superficie del nostro: è tutto l'opposto; poichè noi abitiamo sulla superficie del nostro Pianeta, potrebbe farsi, che i Popoli della Luna non abitassero sulla superficie del loro. Dalla Terra alla Luna è necessario che in tutte le cose vi sia un gran divario.

Non importa, disse la Marchesa, io non posso risolvermi a lasciar vivere gli Abitanti della Luna in una continua oscurità. Voi ne risentireste pur maggior cordoglio, io ripresi, se sapeste che un gran filosofo dell'Antichità ha fatto della Luna il soggiorno delle Anime, che hanno quà giù meritato d'esser beate. Tutta la loro felicità consiste nell'udir l'armonia che i Corpi celesti fanno pe' loro moti; ma come egli pretende, che quando la Luna cade nell'ombra della Terra, esse non possono più udire quest'Armonia; allora, dic'egli, queste Anime gridano come disperate, e la Luna si affretta quanto più può, di cavarle d'un luogo sì angoscioso. Noi dovremmo dunque, replicò la Marchesa, veder quà giungere i Beati della Luna, poichè verisimilmente ci sono inviati altresì; ed in questi due Pianeti si crede essersi ampiamente provveduto alla felicità delle Anime col solo trasportarle da un Mondo in un'altro. Seriamente, io ripresi, non sarebbe un picciol piacere il veder più Mondi differenti. Questo viaggio tal volta, non poco mi ricrea, facendolo solamente coll'immaginazione; e che farebb'egli se si facesse in effetto? Ciò varrebbe molto meglio che l'andare di quà al Giappone, cioè di rampicar con molta fatica da un punto della Terra sù un'altro, per non veder'altro che uomini.

Eh bene, disse la Marchesa, facciamo il viaggio de' Pianeti come potremo; chi cene impedisce? Andiamo a posarci in tutti questi differenti punti di vista, e di là consideriamo l'Universo. Ci resta egli altro a vedere nella Luna? Questo Mondo, io risposi, non è ancora pienamente trascorso. Voi vi rammentate, che i due moti, co' quali la Luna gira sopra se stessa, ed all'intorno di noi, essendo uguali, l'uno rende sempre agli occhi nostri ciò, che l'altro lor dovrebbe involare, ed in tal modo ella ci presenta sempre la medesima faccia. Non vi è dunque se non questa metà, che ci vegga; e come deesi credere, che la Luna non giri sul suo centro quanto a noi, questa metà, che ci vede, ci vede sempre attaccati al medesimo sito del Cielo. Quando essa è nella sua notte (e le sue notti vagliono pur quindeci de' nostri giorni) vede in prima un piccol canto della Terra illuminato, dopo uno più grande, e quasi d'ora in ora le sembra che la Luce si spanda sopra la faccia della Terra, sino a tanto che in fine la ricopre intieramente; in vece che tali cangiamenti non ci pajono avvenire sulla Luna che da una notte all'altra, sol perchè noi la perdiamo per gran tempo di vista. Vorrei bene poter'indovinare gli sciocchi ragionamenti, che fanno i Filosofi di quel Mondo su ciò, che la nostra Terra sembra loro immobile, allorchè tutti gli altri Corpi celesti si levano, e si colcano sù le loro teste in quindeci giorni. Ascrivono verisimilmente quella immobilità alla sua grossezza, poichè essa è sessanta volte maggiore della Luna; e quando i Poeti vi voglion lodare i Principi oziosi, non dubito che non si servano dell'esempio di questo maestoso riposo. Pure non è un riposo perfetto. Si vede molto sensibilmente dal di dentro della Luna la nostra Terra girare su'l suo centro. Immaginatevi la nostra Europa, la nostra Asia, la nostra America, che si presentino agli Abitanti della Luna l'una dopo l'altra in piccolo, e differentemente figurate, a un di presso come noi le vediamo sù le Carte. Che questo spettacolo dee sembrar nuovo a' Viaggianti, che passano dalla metà della Luna, che non ci vede giammai, a quella che ci vede sempre! Ah! certamente che essi non han creduto le Relazioni de' primi, che ne hanno parlato, allorchè sono stati di ritorno a quel gran Paese, ove noi non siamo conosciuti! Mi cade nel pensiero, disse la Marchesa, che da quel Paese all'altro si fa una specie di Pellegrinaggi per venirci a considerare, e che vi sono onori, e privilegj per coloro, che una volta in lor vita han veduto il gran Pianeta. Almeno, io ripresi, quei che lo veggono hanno il privilegio d'esser meglio illuminati nel tempo delle loro notti; l'abitazione dell'altra metà della Luna dee esser molto meno comoda per quella cagione. Ma, Signora, si continui il viaggio, che abbiamo intrapreso di fare di Pianeta in Pianeta, noi abbiamo pur molto esattamente visitata la Luna.

All'uscir della Luna, tirando verso il Sole, si trova Venere. Sopra Venere io riprendo il San Dionigi. Venere gira su se stessa, ed intorno al Sole come la Luna. Si discopre co' Cannocchiali, che Venere ugualmente che la Luna, è ora crescente, ora scema, ora piena, secondo le varie situazioni, ove essa è quanto alla Terra. La Luna, secondo tutte le apparenze, è abitata; perchè Venere non lo sarebbe anch'essa? Ma, interruppe la Marchesa, dicendo tuttavia, Perchè nò, voi siete su'l punto di pormi Abitanti in tutti i Pianeti? Non ne dubitate, io replicai; questo Perchè nò hà una virtù, che popolerà tutto. Noi vediamo che tutti i Pianeti sono della medesima natura, tutti Corpi opachi, che non ricevono la Luce se non dal Sole, i quali sela rinviano gli uni agli altri, e che non hanno che i medesimi moti: sin quì tutto è uguale. Con tutto ciò sarebbe d'uopo comprendere, che questi gran Corpi sarebbero stati fatti per non essere abitati; che questa sarebbe la lor condizione naturale, e che vi sarebbe appunto una eccezzione in favore della Terra sola. Il creda pure chi vuole, io per me non posso risolvermeci. Io vi trovo, disse la Marchesa, ben fermo nella vostra opinione da qualche momento in quà. Sono stata su'l punto di veder la Luna restar deserta, senza che voi vene curaste molto, ed ora se qualcheduno ardisse dirvi che tutti i Pianeti non sono abitati come la Terra, ben mi avveggo che entrereste in collera. Egli è Vero, io risposi, che al momento in cui or'ora m'avete colto, se mi aveste contradetto su'l punto degli Abitanti de' Pianeti, veli averei non solamente sostenuti, ma credo che vi avrei ancor detto come essi son fatti. Vi sono certi momenti, che pajono fatti apposta per credere, ed io non li hò giammai sì ben creduti, che poco fa; ed anche adesso che sono alquanto più a sangue freddo, troverei pur troppo strano, che la Terra fosse così abitata, che l'è, e che gli altri Pianeti non lo fossero in conto veruno. E non crediate che da noi si vegga tutto ciò, che abita la Terra; vi sono altrettante specie d'Animali invisibili, per quante vene sono di visibili. Noi vediamo dall'Elefante sino al Pedicello; e là termina la nostra vista; ma dal Pedicello comincia una moltitudine infinita di Animali, de' quali egli è l'Elefante, e che dagli occhi nostri senza alcun soccorso raffigurar non si potrebbero. Si son vedute con Microscopj piccolissime gocciole d'acqua piovana, o di aceto, o di altri Liquori, ripiene di piccoli Pesci, o di piccoli Serpi, che giammai sarebbesi sospettato, che ivi abitar potessero; e credesi da qualche Filosofo, che il gusto, che questi Liquori fanno sentire, siano le punture, che questi Animaletti fanno alla lingua.

Mischiate certe cose in alcuni di questi Liquori, o esponeteli al Sole, o lasciateli corrompere, ecco subito nuove specie di piccoli Animaletti.

Molti Corpi, che pajono solidi, non sono che un mucchio di quelli Animali impercettibili, che vi trovano tutto l'agio necessario pe' loro movimenti. Una foglia d'Albero è un piccol Mondo abitato da Vermicciuoli invisibili, a' quali essa sembra d'uno spazio immenso, che vi conoscono Montagne, e Dirupi, e che da un canto della foglia all'altro non hanno maggior comunicazione cogli altri Vermicciuoli, che vi soggiornano, che noi ne abbiamo co' nostri Antipodi. Con maggior ragione, mi sembra, che un grosso Pianeta debba essere un Mondo abitato. Si è trovata fino in certe pietre durissime gran copia di Vermicciuoli, che eranvi annidati da per tutto ne' vacui insensibili, e che non d'altro nutrivansi, che della sostanza di queste pietre, che rodevano. Figuratevi qual prodigiosa quantità di questi piccoli Vermicciuoli vi fosse, e da quanti anni tiravano la loro sussistenza dalla grossezza d'un grano di rena; e sù quest'esempio, quando anche la Luna non fosse se non che un mucchio di scogli, la farei piuttosto rodere da' suoi Abitanti, che non porcene affatto. In somma tutto è vivente, tutto è animato; ponete insieme tutte queste specie d'Animali nuovamente discoperte, ed anche tutte quelle, che di leggieri si comprende che rimangono a discoprirsi, con insieme quelle, che si sono sempre mai vedute, voi rinverrete certamente, che la Terra è molto popolata, e che la Natura vi ha sì liberalmente sparso gli Animali, che non si è tampoco curata che sene fosse solamente veduta la metà. Crederete voi che dopo aver'essa quà giù fecondato tutto, sino all'eccesso, abbia poscia voluto esser per tutti gli altri Pianeti sì sterile, per nulla produrvi di vivente?

La mia ragione è a bastanza convinta, disse la Marchesa, ma la mia immaginazione resta confusa, e stordita dalla moltitudine infinita degli Abitanti di tutti questi Pianeti, ed imbarazzata dalla diversità, che conviensi stabilir fra di essi; poichè ben mi avveggo che la Natura come inimica delle repetizioni, gli averà formati tutti differenti; ma in qual modo mai potersi rappresentare questa varietà? Non è punto l'immaginazione, io risposi, che dee rappresentarsela; essa non può andar più lungi che vanno gli occhi. Possiamo solamente in una certa vista universale scorgere la diversità, che la Natura, dee aver posto fra tutti questi Mondi Tutti i volti sono in generale sù un medesimo modello; ma quei di due grandi Nazioni, come gli Europei, se voi volete, e gli Africani, o i Tartari, sembrano esser fatti sù due modelli particolari, e sarebbe ancor d'uopo trovare il modello de' volti di ciascheduna famiglia. Qual segreto dee aver'avuto la Natura per variare in tante maniere una cosa tanto semplice, che lo è un volto? Noi siamo nell'Universo come una piccola famiglia, di cui tutti i volti si rassomigliano; in un'altro Pianeta è un'altra famiglia, della quale i volti hanno un'aria differente.

Apparentemente le diversità augumentano a misura che ci allontaniamo; e chiunque vedesse un'Abitante della Luna, ed un'Abitante della Terra, ben noterebbe, che sarebbero essi di due Mondi, più vicini che un'Abitante della Terra, ed un'Abitante di Saturno. Quì, per esempio, si ha l'uso della voce; altrove non si parla se non per segni; più lungi non si parla in veruna maniera. Quì il ragionamento si forma intieramente dall'esperienza; altrove l'esperienza vi hà ben poca parte; più lontano i Vecchi non sono più scaltri de' Fanciulli. Quì ci affliggiamo più dell'avvenire che del passato; altrove il passato tormenterà più dell'avvenire; e più lontano non si pensa nè all'uno, nè all'altro; e questi forse non sono i più infelici. Dicesi, che potrebbe ben mancarci un sesto Sentimento naturale, che ci darebbe la cognizione di molte cose, che ignoriamo. Questo sesto Senso è apparentemente in qualche altro Mondo, ove mancherà qualchuno de' cinque, che noi abbiamo. Può esser anche ch'effettivamente vi sia un gran numero di Sensi naturali; ma nella ripartigione, che abbiamo fatta cogli Abitanti degli altri Pianeti, cinque solamente ne sono a noi caduti in sorte, e de' quali ci contentiamo, non conoscendone altri. Le nostre Scienze hanno certi limiti, che l'intelletto umano non ha potuto mai oltrapassare; vi è un punto, ove quelle ci mancano tutte ad un tratto, il rimanente è per altri Mondi, ove non è conosciuta qualche parte di quel, che noi sappiamo. Questo nostro Paese gode le dolcezze dell'Amore, ma è sempre desolato in più luoghi dal furore della Guerra. In un'altro Pianeta godesi una continua Pace, ma nel mezzo di questa Pace non si conosce punto l'Amore, ed ognuno si annoja. In somma quel che la Natura pratica in piccolo fra gli uomini per la distribuzione della fortuna, o de' talenti, l'avrà senza fallo praticato in grande fra' Mondi; e si sarà ben rammentata di porre in uso quel segreto meraviglioso, ch'ella hà, di variare tutte le cose, e di uguagliarle allo stesso tempo per le compensazioni.

Siete voi contenta, o Signora, io soggiunsi? Vi hò aperto un campo assai vasto per esercitare la vostra immaginazione? Vedete oramai qualche Abitante de' Pianeti? Ah, nò, replicò la Marchesa. Tutto ciò, che voi dite è meravigliosamente vano, e disperso: veggo un grande non sò che, in cui non veggo nulla. Si richiederebbe per me qualche cosa di più determinato, e di più deciso. Eh bene, io soggiunsi, eccomi risoluto a non nascondervi cosa alcuna di quanto sò di più particolare. Sono notizie, che tengo da buona parte, e voi ne converrete meco quando vi avrò citato i miei mallevadori. Ascoltate di grazia con un poco di pazienza; il ragguaglio sarà alquanto lungo.

Vi sono in un Pianeta, che per ora non vi nomino, Abitanti molto vivaci, molto faticosi, molto destri: non vivono se non di ruberie, come una buona parte de' nostri Arabi; e questo è il loro unico vizio. Nel rimanente sono fra di loro d'una perfetta intelligenza, affaticandosi continuamente, e con zelo, pe'l bene dello Stato; e principalmente la loro castità è incomparabile; è vero però che non vi hanno gran merito: sono tutti sterili, e non vi è sesso fra di loro. Ma, interruppe la Marchesa, non avete sospettato, che chi vi facea questa bella Relazione si beffasse di voi? In che modo la Nazione si perpetuerebbe? Da senno, e non per ischerzo, io soggiunsi, e la Nazione si perpetua. Hanno una Reina, che non li conduce alla guerra, che pare non intrigarsi mai degli affari dello stato, e di cui tutta la suprema dignità consiste nell'esser feconda, ma d'una fecondità meravigliosa. Ella fa figliuoli a migliaia, ma non fa mai altra cosa. Hà un gran Palazzo ripartito in una infinità di camere, che hanno tutte una culla allestita per un piccol Principe, ed essa và a partorire in ciascheduna di queste camere l'una dopo l'altra, sempre accompagnata da una gran Corte, che l'applaudisce su questo nobile privilegio, che ella gode all'esclusione di tutto il suo Popolo.

Io v'intendo, Signora, senza che parliate. Voi mi volete domandare, ove hà ella preso gli Amanti, o per parlar più modestamente, i Mariti? Vi sono Reine in Oriente, ed in Africa, che hanno pubblicamente Serragli d'uomini; costei verisimilmente ne hà uno, ma ne fa un gran mistero; e se ciò dinota maggior pudore, è pure operare con meno dignità. Fra questi Arabi, che sono in azzione, o nel loro Paese, o al di fuori, si riconoscono alcuni forestieri in piccol numero, che alla figura rassomigliano molto a' Naturali del Paese, ma che per altro sono molto infingardi, che non escono mai, che non fanno nulla, e che secondo tutte le apparenze non sarebbero ricevuti presso un Popolo estremamente attivo, se non fossero destinati a' piaceri della Reina, ed all'importante ministero della propagazione. In fatti, se non ostante l'essere in piccol numero, pur sono i Padri di diece mila figliuoli, più, o meno, che la Reina ne pone alla luce, e meritano certamente d'essere esenti d'ogni altro impiego; e ciò che ben persuade che questa sia stata l'unica loro funzione, si è, che subito che la Reina è intieramente ripiena, subito ch'essa si è sgravata de' suoi diece mila parti, gli Arabi vi uccidono senza misericordia quest'infelici Forestieri, divenuti inutili allo Stato.

Questo è tutto, disse la Marchesa? Sia lodato il Cielo. Rientriamo un poco nella ragione, se lo possiamo, Ditemi sinceramente, ove avete preso tutto questo Romanzo? Chi è il Poeta, che velo hà somministrato? Io vi repeto di bel nuovo, dissi alla Marchesa, che non è un Romanzo, tutto questo si passa quà giù nella nostra Terra, sotto gli occhi nostri. Voi rimanete stupefatta! Sì, Signora, sotto gli occhi nostri: i nostri Arabi sono le Api, poichè è necessario il dirvelo.

Allora io le feci nota tutta la storia naturale delle Api, delle quali essa forse altro non conosceva che'l nome. Dopo questo, voi ben vedete, io soggiunsi, che trasportando solamente sù altri Pianeti molte cose, che si passano su'l nostro, noi le crederemmo bizzarre, e strane visioni, e pure vere sarebbero; e di cotal fatta noi cene immagineremmo senza fine; perchè, acciocchè lo sappiate, la storia degl'Insetti n'è tutta ripiena. Io facilmente lo credo, rispose la Marchesa. Quando non vi fossero che i Bachi da seta, ch'io conosco meglio delle Api, solo questi ci fornirebbero Popoli stupendi, che si trasformerebbero in modo, che non sarebbero più affatto gli stessi, che rampicherebbero durante una parte della loro vita, e volerebbero durante l'altra; e cento altre meraviglie, che faranno i diversi caratteri, i diversi costumi di tutti quegli Abitanti, che noi non conosciamo. La mia immaginazione lavora sù l'idea, che m'avete suggerita, ed è quasi in procinto di delinearne le loro figure, e sembianze. A dire il vero, non potrei ritrarvele, ma veggo pertanto qualche cosa. Per quel che concerne queste figure, io soggiunsi, vi consiglio di lasciarne la cura a' sogni, che farete questa notte. Vedremo domani se vi abbiano ben servito, e se vi abbiano fatto comprendere come sien fatti gli Abitanti di qualche Pianeta.

Particolarità de' Mondi di Venere, di Mercurio, di Marte,

di Giove, e di Saturno.

I Sogni non furono punto felici; ci rappresentarono sempre qualche cosa, che si rassomigliava a quanto si vede quà giù tra noi. Quindi io presi occasione di rimproverare alla Marchesa quel che alla vista de' nostri Quadri a noi rimproverano alcuni Popoli, che giammai altro non fanno, se non che pitture bizzarre, e grottesche: Bene, essi dicono, questo si rassomiglia per l'appunto agli Uomini; e dove è l'immaginazione? Convenne dunque risolversi d'ignorare le figure degli Abitanti di tutti questi Pianeti, e contentarsi d'indovinarne ciò si potea nel continuare il cominciato viaggio de' Mondi. Eravamo a Venere. Siamo pure ben certi, dissi alla Marchesa, che Venere gira sopra se stessa, ma non si sà con certezza in qual tempo, nè per conseguenza quanto durino i suoi giorni. In quanto agli anni di questo Pianeta, non sono se non in circa di otto mesi, poichè in sì fatto tempo essa gira intorno al Sole. La sua grandezza è uguale a quella della Terra, e per consequenza la Terra apparisce a Venere della stessa grandezza, che Venere sembra a noi. Ne hò sommo piacere, disse la Marchesa, la Terra potrà esser per Venere la Stella del Pastore, e la Madre degli Amori, come Venere l'è per noi. Tali nomi non possono convenire che ad un piccolo Pianeta, che sia vago, chiaro, risplendente, e che abbia un'aria galante, Ne convengo, io risposi; ma sapete voi perchè Venere sembra sì bella da lontano? Perchè d'appresso è bruttissima. Si è veduto col Cannocchiale, che non è altro che un'ammasso di Montagne assai più alte delle nostre, molto acute, e verisimilmente molto aride; e per tale disposizione, la superficie di un Pianeta è la più atta ch'esser si possa a rinviar la luce con molto splendore, e vivacità. La nostra Terra, la cui superficie è molto piana a petto di quella di Venere, ed in parte ricoperta di Mari, potrebbe non esser sì aggradevole a vedersi da lontano. Tanto peggio, disse la Marchesa, poichè sarebbe certamente un bell'avvantaggio, ed un gran piacere per essa il presedere agli Amori degli Abitanti di Venere; questa Gente deve bene intendersi di galanteria. Oh! senza dubbio, io risposi; la Plebe di Venere non è composta se non di Celadoni, e di Silvandri, e le loro conversazioni più ordinarie vincono di gran lunga le conversazioni più belle di Clelia. Il clima è molto favorevole agli Amori; Venere è più vicina di noi al Sole, e ne riceve una luce più viva, e maggior calore. Essa è a un di presso a' due terzi della distanza dal Sole alla Terra.

Io veggo ora, interruppe la Marchesa, come sien fatti gli Abitanti di Venere; si rassomigliano a' Mori di Granata; un piccol Popolo nero, bruciato dal Sole, ingegnoso, vivace, sempre amoroso, componendo Versi, amando la Musica, inventando ogni giorno nuove Feste, Balli, e Tornei. Siami lecito il dirle, mia Signora, io replicai, che mal da voi si conoscono gli Abitanti di Venere. I nostri Mori Granatini non sarebbero stati appetto di essi, che Laponi, e Groenlandi per l'accidiosa freddezza, e stupidità.

Ma che avverrà degli Abitanti di Mercurio? Questi sono anche più vicini del Sole per più di due volte di quel che noi lo siamo. Bisogna che sien pur pazzi per la lor somma vivacità. Credo che sieno più smemorati che la maggior parte de' Negri, che non facciano giammai alcuna riflessione, che non operino se non a caso, e per moti subitanei, e che finalmente sieno in Mercurio gli Ospizj de' Pazzi dell'Universo. Veggono il Sole nove volte più grande di quel che noi lo vediamo; tramanda ad essi una luce sì viva, e risplendente, che se fossero quì, prenderebbero i nostri più belli, e sereni giorni per debolissimi Crepuscoli, e forse non vi potrebbero distinguere gli oggetti; e'l calore, al quale sono assuefatti, è sì eccessivo, che quello che quì si risente nel fondo dell'Africa li farebbe gelare. Apparentemente il nostro Ferro, il nostro Argento, il nostro Oro si liquefarebbero nel di loro Clima, e non vi si vedrebbero se non in liquore, come quì si vede l'acqua, ancorchè questa sia in certi tempi un Corpo molto solido. La Gente di Mercurio non sospetterebbe, che in un'altro Mondo quei liquori, che sono forse i loro fiumi, sieno Corpi de' più duri, che da noi si conoscano. Il loro anno è solo di tre mesi. La durata de' loro giorni non è da noi conosciuta, perchè Mercurio è sì piccolo, e sì vicino del Sole, ne' raggi del quale è quasi sempre perduto, che scappa via a tutta la perspicacità degli Astronomi, a cui non è venuto ancor fatto d'osservarne il moto, che deve avere sopra il suo centro. Ma i suoi Abitanti han bisogno ch'esso termini il suo giro in poco tempo, poichè verisimilmente bruciati, come lo sono, da una grande ardente Fornace sospesa sopra le loro teste, bramano vivamente la notte. Sono essi in questo tempo illuminati da Venere, e dalla Terra, che sembrar lor debbono pur molto grandi. Quanto agli altri Pianeti, essendo questi al di là della Terra verso il Firmamento, li veggono più piccoli di quel che noi li vediamo, e non ne ricevono se non pochissima luce.

Men mi rincresce, disse la Marchesa, di quella perdita, che fanno gli Abitanti di Mercurio, e più mi duole dell'incomodità, ch'essi ricevono dall'eccessivo calore. Vorrei pur volontieri, che da noi si recasse loro qualche sollievo. Diamo a Mercurio lunghe, ed abbondanti pioggie, che lo rinfreschino, come si dice, che ne cadano quà giù ne' Paesi caldi per lo spazio di quattro mesi intieri, nei tempi precisamente più cocenti.

Ciò è possibile, io ripresi, anzi possiamo rinfrescare Mercurio in un'altro modo. Vi sono de' Paesi nella China, che debbono esser caldissimi per la loro situazione, dove pertanto i freddi sono grandi ne' mesi di Luglio, e di Agosto, ed a tal segno che i fiumi si agghiacciano. Ciò deriva dalla gran quantità di Salnitro, che è in quelle contrade; le esalazioni ne sono molto fredde., e la forza del caldo le tira in gran copia fuor della Terra. Mercurio sarà, quando a voi piaccia, un piccolo Pianeta tatto di Salnitro, ed il Sole trarrà da esso medesimo rimedio al male, che potrebbe cagionargli. Egli è sicuro, che la Natura non saprebbe far viver le Genti se non dove esse posson vivere, e che l'assuefazione unita al non conoscere qualche cosa migliore, sopragiunge, e vele fà vivere graziosamente. Perciò si potrebbe anche far di meno in Mercurio di Salnitro, e di Pioggie.

Dopo Mercurio, voi sapete, che si trova il Sole. Non vi è modo di porvi Abitatori. Il perchè nò ci manca. Noi giudichiamo dalla Terra, ch'è abitata, che gli altri Corpi della medesima specie di essa debbano esserlo altresì; ma il Sole non è un Corpo della stessa specie della Terra, nè degli altri Pianeti. Egli è la sorgente di tutta questa luce, che i Pianeti non fanno, che rinviarsi gli uni agli altri, dopo averla da esso ricevuta. Essi possono, per così dire, farne un cambio fra loro, ma non possono produrla. Egli solo trae da se stesso questa preziosa sostanza; la spinge con forza da tutte le parti; di là essa riviene al rincontro di tutto ciò, ch'è solido, e da un Pianeta ad un altro si spandono lunghe, e vaste striscie di luce, che s'incrocicchiano, si attraversano, e s'intrecciano insieme in mille modi differenti, e formano meravigliosi tessuti della più ricca materia, che sia al Mondo. Si bene il Sole è posto nel centro, che è il sito il più comodo, donde egli possa distribuirla ugualmente, e vivificare tutto col suo calore. Il Sole adunque è un Corpo particolare; ma qual sorte di Corpo egli si sia? Quì è il nodo. Erasi sempre creduto che fosse un fuoco purissimo, ma il disinganno hà principiato col secolo presente, che si scuoprirono alcune Macchie nella sua superficie. Come eransi discoperti, poco tempo innanzi, nuovi Pianeti, de' quali vi parlerò, che tutto il Mondo Filosofo ad altro non pensava, nè di altro ragionava, e che finalmente i nuovi Pianeti erano alla moda, sittosto giudicossi, che quelle Macchie fossero nel numero di essi, che avessero un moto intorno al Sole, e che cene nascondessero necessariamente qualche parte, volgendo verso di noi la loro metà oscura. Di già gli Uomini letterati con questi pretesi Pianeti facevano la lor corte a' Principi dell'Europa. Gli uni loro davan il nome di un Principe, gli altri di un'altro, e forse vi sarebbe tra essi nata qualche rissa per restar padrone delle Macchie, e nominarle ciascuno a suo talento.

Tanto peggio, interruppe la Marchesa; voi mi dicevate l'altro dì, che eransi dati alle differenti parti della Luna, nomi di Uomini dotti, e di Astronomi, ed io ne era più che contenta. Poichè i Principi prendono per essi la Terra, è giusto che i Dotti si riserbino il Cielo, e vi signoreggino; ma non dovrebbero permetterne ad altri l'ingresso. Soffrite, io risposi, che possano almeno in caso di necessità, dare in pegno a' Principi qualche Astro, o qualche parte della Luna. Quanto alle Macchie del Sole, non potettero farne alcun' uso. Si riconobbe che s'inalzano sopra il Sole. Esse sono tal'ora in gran quantità, tal'ora in piccol numero; alle parecchie dispariscono tutte; alle volte molte si radunano insieme; talvolta si separano; talvolta sono più chiare, talvolta più oscure. In certi tempi sene veggono molte, in altri, e tempi anche lunghi, veruna ne apparisce. Si crederebbe che il Sole fosse una materia liquida; taluni dicono che sia Oro liquefatto, che bolle continuamente, e produce delle impurità, che dalla forza del suo moto sono rigettate sopra la sua superficie. Esse vi si consumano, e dopo altre serie producono. Immaginatevi quali sieno questi Corpi stranieri, se vene è tal'uno, che è mille, e sette cento volte più grosso della Terra: e voi dovete sapere, che questa è più d'un milione di volte più piccola del Globo del Sole. Quindi potete giudicare quale possa essere la quantità di quest'Oro liquefatto, o l'ampiezza di questo gran Mare di luce, e di fuoco.

Altri dicono, e con qualche apparenza, che le Macchie, parlando almeno della maggior parte, non sieno nuove produzzioni, e che si dissipino a capo di qualche tempo, ma bensì grosse masse solide, di molto irregolare figura, sempre sussistenti, che ora flottano su'l corpo liquido del Sole, ora vi si immergono, o intieramente, o in parte, e ci presentano differenti punte, o eminenze, secondo ch'esse più, o meno s'immergono, e che si volgono verso di noi per diversi canti. Forse queste fanno una parte di qualche grande ammasso di materia solida, che serve di alimento al fuoco del Sole. Siasi pure il Sole, quel che si voglia, non sembra in modo alcuno proprio ad esser' abitato. Certamente è una disgrazia, perchè l'abitazione sarebbe pur molto bella. Si starebbe nel centro di tutto, si vedrebbe ogni Pianeta girare regolarmente intorno di se, in vece che vediamo ne' loro corsi un'infinità di bizzarrie, che vi appariscono tali, per non esser noi in un sito proprio per giudicarne. Non è questa somma sciagura? Nel Mondo non vi è che un sol luogo, donde lo studio degli Astri potrebbe essere estremamente facile, ed in questo luogo per l'appunto non è abitante alcuno. Voi non fate riflessione, disse la Marchesa, che chiunque esser potesse nel Sole, non vedrebbe nulla, nè Pianeti, nè Stelle Fisse. Il Sole non oscura egli tutto? I suoi Abitanti sarebbero ben fondati nella opinione di crederli soli in tutta la Natura.

Convengo, io risposi, che mi era ingannato, non pensava, se non alla situazione, ove è il Sole, e non all'effetto del suo lume; ma voi, che mi correggete sì a proposito, mi permettete il dirvi, ch'anche voi siete ingannata: gli Abitanti del Sole essi nè pure lo vedrebbero. O non potrebbero sostenere la forza del suo lume, o non potrebbero riceverlo, per non esserne bastantemente distanti, e'l tutto ben ponderato, il Sole non sarebbe che un soggiorno di Ciechi; e dico di bel nuovo, ch'el Sole non è fatto per esser abitato. Ma volete pure che proseguiamo il nostro Viaggio de' Mondi? Siamo giunti al centro, ch'è sempre il luogo più basso in tutto ciò, ch'è rotondo, e dirovvi solamente alla sfuggita, che per andar di qua fino là, abbiamo fatto un cammino di trentatrè milioni di leghe; converrebbe presentemente ritornare in dietro, e risalire. Ritroveremo Mercurio, Venere, la Terra, la Luna, Pianeti che abbiamo visitati. Dopo è Marte, che ci si presenta. Marte non hà nulla di curioso, ch'io sappia; i suoi giorni sono più d'una mezz'ora più lunghi de' nostri; ed i suoi anni ad un mese, e mezzo presso, vagliono due de' nostri anni. Egli è cinque volte più piccolo della Terra; vede il Sole meno grande alquanto, e meno vivace di quel che noi lo vediamo; finalmente Marte non merita molto, che noi per considerarlo ci fermiamo. Ma la leggiadra cosa ch'è Giove colle quattro sue Lune, o Satelliti! Sono quattro piccoli Pianeti, che mentre Giove gira intorno al Sole nello spazio di dodici anni, girano all'intorno di esso, come la nostra Luna gira all'intorno di noi. Ma, interruppe la Marchesa, perchè vi sono de' Pianeti, che girano intorno ad altri Pianeti, che non vagliono meglio di essi? Per parlar da dovero mi sembrerebbe più regolare, e più uniforme, che tutti i Pianeti, e grandi, e piccoli, non avessero che'l medesimo moto intorno al Sole.

Ah, Signora, io replicai, se voi sapeste ciò che siano i Vortici di Cartesio! Questi Vortici, il nome de' quali è sì spaventevole, e l'idea sì grata, non parlereste in cotal guisa. Quando anche dovesse girarmi la testa, disse la Marchesa ridendo, hò pur gran voglia di sapere ciò che siano i Vortici. Finite di rendermi pazza; io non hò più cura di nulla, e non conosco più alcun ritegno, quando si tratta di Filosofia; lasciamo che'l Mondo parli, e diamoci a' Vortici. Non vi conosceva simili trasporti, io ripresi, il male è, che non hanno che i Vortici per oggetto. Ciò che si chiama un Vortice, è un'ammassamento di materia, le di cui parti sono distaccate le une dalle altre, e si muovono tutte in uno stesso verso; benchè sia lor lecito d'avere in quel tempo qualche piccolo moto particolare, purchè sieguano sempre il moto generale. Così un Vortice di vento, che diciam Turbine, è una infinità di piccole particelle d'aria, che girano in volta tutte insieme, ed inviluppano ciò, che incontrano. Voi sapete, che i Pianeti sono portati nella materia celeste, che è d'una sottigliezza, e d'una agitazione meravigliosa. Tutto questo grande ammasso di materia celeste, che è dal Sole sino alle Stelle Fisse, gira in volta, e traendo seco i Pianeti, li fa tutti girare in uno stesso verso all'intorno del Sole, che occupa il centro, ma in tempi più, o meno lunghi, secondo ch'essi ne sono più, o meno distanti. Il Sole anch'egli gira sopra se stesso, perchè è appunto nel centro di tutta questa materia celeste; ed è da notare, che quando anche la Terra fosse nel sito ove egli è, essa non potrebbe far di meno di girare sopra se stessa.

Ecco il gran Vortice, di cui il Sole è come il padrone; ma nello stesso tempo i Pianeti si compongono di piccoli Vortici particolari all'immitazione di quello del Sole. Ciascheduno di essi girando intorno al Sole, gira pure intorno a se stesso, e fa girare all'intorno di esso nel medesimo verso una tal quale quantità di questa materia celeste, ch'è sempre pronta a seguire tutti i moti, che le si vogliono dare, purchè da essi non sia frastornata dal suo moto generale. Questo è il Vortice particolare del Pianeta, che vien da lui spinto tanto lontano, quanto la forza del suo moto può stendersi. S'egli avviene che caggia in questo piccolo Vortice qualche Pianeta, minore di quello, che vi domina, eccolo trasportato dal grande, e sforzato indispensabilmente a girare intorno di esso; e'l gran Pianeta, il piccolo, e'l Vortice, che li rinchiude, girano pur tutti insieme intorno al Sole. Così al bel principio del Mondo noi ci facemmo seguire dalla Luna, perchè ella si trovò tra'l giro del nostro Vortice, per poter di lei pienamente disporre.

Giove, di cui avea io cominciato or'ora a ragionarvi, fù certamente o più felice, o più potente di noi. Vi erano nella sua vicinanza quattro piccoli Pianeti; seli rese tutti e quattro soggetti; e di noi, avvegnacchè fossimo un Pianeta principale, non sarebbe forse avvenuto lo stesso, se ci fossimo trovati a lui vicini? Egli è mille volte più grosso di noi, ci avrebbe inghiottiti senza alcuna fatica nel suo Vortice, e non saremmo che una Luna della sua dipendenza, in vece che noi ne abbiamo una, che è nella nostra. Tanto egli è vero, che il caso solo della situazione spessissime volte decide de' maggiori successi.

E chi ci assicura, disse la Marchesa, che noi restar dobbiamo sempre ove siamo al presente? Io comincio a temere, che non facciamo la pazzia di avvicinarci di un Pianeta così audace imprenditore, che lo è Giove, o ch'egli non venga pure verso di noi per assorbirci; poichè mi sembra, che nel gran moto, in cui voi dite essere la materia celeste, ella dovrebbe agitare i Pianeti irregolarmente, ed ora avvicinarli, ora allontanare gli uni dagli altri. Noi potremmo e guadagnarvi, e perdervi, io riposi; forse andremmo a sommettere al nostro dominio Mercurio, o Marte, che essendo Pianeti più piccoli, non potrebbero resisterci; Ma non abbiamo nulla nè da sperare, nè da temere; i Pianeti si stan fermi, ove sono, e le nuove conquiste sono loro vietate, come altre volte a' Rè della China. Voi ben sapete, che quando si pone l'olio coll'acqua, l'olio rimane a galla. Che si ponga sopra questi due liquori un Corpo leggiero assai, l'olio lo sosterrà, e non andrà sino all'acqua. Che vi si ponga un'altro Corpo più pesante, e che sia per l'appunto d'una certa gravezza, questo passerà a traverso dell'olio, troppo debole per fermarlo, e caderà sino attanto che rincontri l'acqua, che hà la forza di sostenerlo. Così in questo liquore, composto di due liquori, che non si mischiano, due Corpi inegualmente pesanti si pongono naturalmente in due luoghi differenti, nè giammai l'uno salirà, nè l'altro discenderà. Si pongano ancora altri liquori, che si tengono separati, e che vi si immergano altri Corpi, ne accaderà pure la stessa cosa. Immaginatevi che la materia celeste, che riempie questo gran Vortice, hà differenti invogli, che s'inviluppano gli uni cogli altri, ed i pesi de' quali sono differenti, come quei dell'olio, dell'acqua, e degli altri liquori. Anche i Pianeti hanno differenti pesi, per conseguenza ciascuno di essi si ferma nell'invoglio, che hà precisamente la forza necessaria per sostenerlo, e che gli fa equilibrio; e voi ben vedete, che non è possibile che possa uscirne giammai.

Capisco, disse la Marchesa, che sì fatti pesi regolano molto bene i ranghi. Piacesse pure a Dio, che vi fosse qualche cosa simile, che li regolasse fra noi, e che fissasse la Gente ne' siti, che le sono convenevoli! Eccomi pur tranquilla dal canto di Giove. Son contentissima, che ci lasci nel nostro piccolo Vortice colla nostra unica Luna; ed hò animo di contentarmene, senza invidiargli i suoi quattro Satelliti.

Avreste torto d'invidiarglieli, io soggiunsi: non ne hà oltre al bisogno. Giove è cinque volte più di noi distante dal Sole, che vale a dire, che ne è lontano cento sessantacinque milioni di leghe; e per conseguenza le sue Lune non ricevono, e non gli rinviano se non una luce molto debole. Il numero supplisce al poco effetto di ciascheduna. Senza questo, come Giove gira sopra se stesso in dieci ore, e che le sue notti, che non durano che cinque ore, sono molto brevi, quattro Lune non sembrerebbero sì necessarie. Quella che è più vicina di Giove fa il suo Circolo intorno di esso in quaranta due ore; la seconda in tre giorni, e mezzo; la terza in sette; la quarta in diecissette; e per l'inegualità medesima de' loro corsi, esse si accordano a dargli i più vaghi spettacoli del Mondo. Ora si levano tutte quattro insieme, e dopo si separano quasi in un punto; ora sono tutte al loro Meriggio, disposte l'una sopra dell'altra; ora si veggono tutte e quattro nel Cielo a distanze uguali; ora, quando due si levano, l'altre due tramontano; amerei più d'ogni altra cosa a vedere quel bel giuoco continuo d'Eclissi, che fanno; poichè non passa alcun giorno, che non si eclissino le une coll'altre, o ch'esse non eclissino il Sole; e certamente gli Eclissi essendosi resi sì familiari in quel Mondo, essi vi sono un soggetto di divertimento, e non di spavento, come nella nostra Terra.

Certo voi non mancherete, disse la Marchesa, di far'anche abitare queste quattro Lune, benchè non siano se non piccoli Pianeti subalterni, destinati unicamente a rischiararne un'altro duranti le sue notti? Non ne dubitate, io risposi. Benchè sventuratamente costretti a girare intorno ad un'altro Pianeta di maggior rilievo, non sono essi pertanto men degni d'essere abitati.

Vorrei adunque, riprese la Marchesa, che gli Abitanti delle quattro Lune di Giove fossero come sue Colonie; che avessero da lui ricevuto, se fosse possibile, le loro Leggi, ed i loro Costumi; che per conseguenza gli rendessero qualche sorte di omaggio, e riguardassero il gran Pianeta con tutto il dovuto rispetto. Non sarebbe anch'egli d'uopo, io le dissi, che le quattro Lune inviassero di

tempo in tempo de' Deputati in Giove, per prestargli giuramento di fedeltà?
Per me vi confesso, che la poca superiorità, che noi abbiamo sulle Genti della
nostra Luna, mi fa dubitare che Giove non ne abbia molta sopra gli Abitanti
delle sue; e credo che'l vantaggio, a cui egli possa con maggior ragione
pretendere, sia quello di far loro paura. Per esempio, in quella, che è la più
vicina di esso, le Genti lo veggono mille, e sei cento volte più grande, che la
nostra Luna a noi sembra; qual mostruoso Pianeta sospeso sopra le loro teste!
Per verità, se gli antichi Galli temevano, che il Cielo non cadesse sopra di loro,
e li schiacciasse, gli Abitanti di questa Luna avrebbero ben più motivo di
temere una caduta di Giove. Questo può esser' anche, lo spavento, che hanno,
disse la Marchesa, in vece di quello degli Eclissi, di cui voi mi avete assicurato
ch'essi sieno esenti, e in iscambio del quale bisogna pur sostituire qualche
simile scipitezza.

Egli è assolutamente necessario, le risposi. L'inventore del terzo Sistema, di cui
vi ragionai l'altro dì, il celebre Ticone Brahè, uno de' più segnalati Astronomi,
che sia giammai stato al Mondo, non temea punto gli Eclissi, come il Volgo li
teme; anzi passava, per così dire, la sua vita con essi; ma crederete voi ciò
ch'egli temeva in vece di questi? Se all'uscir di sua casa, la prima persona
ch'avesse rincontrata fosse stata una Vecchia, o se una Lepre avesse traversato
il suo cammino, Ticone Brahè credeva che la giornata dovrebbe essergli
infausta, e ritornava prestamente a rinchiudersi, senza aver l'ardire
d'incominciare la menoma faccenda.

Non sarebbe dovere, riprese la Marchesa, poichè un'uomo di sì alto valore, non
ha potuto esentarsi impunemente dal timore degli Eclissi, che gli Abitanti di
questa Luna di Giove, de' quali noi parlavamo, ne fossero liberi a miglior
mercato. Noi non darem loro alcun quartiere, soggiaceranno anch'essi alla
Legge comune; e se sono esenti d'un'errore, inciamperanno in qualche altro;
ma come non mi lusingo di poterlo indovinare, spianatemi di grazia un'altra
difficoltà, che da un momento in quà mi gira molto per la testa. Se la Terra è sì
piccola a petto del Pianeta di Giove, Giove ci vede egli? Io temo che noi non gli
siamo affatto sconosciuti.

Vaglia il vero, Signora, io soggiunsi, credo che sia pur come voi dite.
Converrebbe ch'egli vedesse la Terra cento volte più piccola di quel che noi lo
vediamo. La Terra è troppo piccola; egli non la vede punto. Ecco solamente ciò

che possiamo credere di meglio per noi. Vi saranno in Giove Astronomi, che dopo aver preso molto incomodo per comporre eccellenti Cannocchiali, dopo avere scelto le notti più belle, e più serene per far le loro osservazioni, avranno finalmente discoperto ne' Cieli un piccolissimo Pianeta, che non avevano mai veduto. Subito il Giornale de' Letterati di quel Paese ne parla; il Popolo di Giove, o non ne ode discorrere, o sene beffa. I Filosofi, che si avveggono che una tale novità distrugge le loro opinioni, formano il disegno di non crederne nulla; non vi è che la Gente la più ragionevole, che si compiace di dubitarne, Si osserva di bel nuovo, si rivede il piccolo Pianeta, si accerta che non è una illusione; si comincia anche a sospettare, che abbia esso un moto interno al Sole: dopo mille osservazioni si riconosce, che questo moto è di un'anno; e finalmente, mercè a tutti gli incomodi, che i Dotti si danno, si sà in Giove, che la nostra Terra sia al Mondo. I Curiosi vanno per vederla, e possono essi a pena distinguerla con un Cannocchiale.

Se non fosse, disse la Marchesa, che non è molto dilettevole il sapere, che noi non possiamo esser discoperti dalla Gente di Giove, se non co' Cannocchiali, io mi rappresenterei con piacere quei Cannocchiali di Giove, indrizzati verso di noi, come sono i nostri verso di lui, e quella scambievole curiosità, colla quale i Pianeti si osservano mutualmente, e si domandano l'uno all'altro: Qual Mondo è mai cotesto? E che Gente è quella, che l'abita?

Adagio, Signora, io replicai, questo non va sì presto, che voi velo immaginate. Quando la nostra Terra si vedesse dal di dentro di Giove, quando vi fosse pur conosciuta, la nostra Terra non è noi, non si ha il menomo sospetto, ch'essa posa esser' abitata. Se tal'uno può immaginarselo, Dio sa come tutto Giove si beffa di lui. E forse siamo noi la cagione, che siasi intentata qualche Lite a quei Filosofi, che hanno voluto sostenere, che noi ci siamo. Pur'io crederei più volentieri, che gli Abitanti di Giove sieno a bastanza occupati a far delle scoperte su'l loro Pianeta, per non pensare a noi in verun conto. Egli è si grande, che se essi navigano, è certo che i loro Cristofori Colombi non vi mancano di continuo impiego. Bisogna che i Popoli di quel Mondo non conoscano nè pure per fama la centesima parte degli altri Popoli; in vece che in Mercurio, ch'è molto piccolo, sono tutti vicini gli uni degli altri; vivono familiarmente insieme, e prendono a gioco il fare il giro del loro Mondo, perchè credono fare una passeggiata. Se noi non siamo veduti in Giove, voi ben giudicate, che di là vi si vede molto meno Venere, che è più da esso distante; ed ancor meno Mercurio, che è più piccolo, e più lontano. In ricompensa i suoi Abitanti veggono le loro quattro Lune, e Saturno colle sue, e Marte. Ecco Pianeti a bastanza per imbarazzare tutti gli Astronomi di quel Paese; e la Natura si è compiaciuta di nasconder loro ciò, che ne resta nell'Universo.

Che! disse la Marchesa, voi contate questo per un favore? Senza dubbio, io risposi. In tutto questo gran Vortice vi sono sedici Pianeti. La Natura, che vuole risparmiarci la fatica di studiare tutti i loro moti, non cene mostra che sette; non è questo una grazia segnalata? Ma noi, che non ne sentiamo il valore, facciamo sì bene, che discopriamo gli altri nove, che erano stati nascosti; ma ne siamo pur puniti, pe' gravi incomodi, che richiede oggidì l'Astronomia.

Io veggo, ripigliò la Marchesa, per questo numero di sedici Pianeti, esser necessario, che Saturno abbia cinque Lune. Tante appunto ne hà, io replicai; ed è tanto più giusto, che girando esso trenta anni intorno al Sole, hà de' Paesi, ove una notte sola dura quindeci anni; per la medesima ragione, che sulla Terra, che gira in un'anno, vi sono delle notti di sei mesi sotto i Poli. Ma essendo Saturno due volte più distante dal Sole, che non lo è Giove, e per conseguenza dieci volte più di noi, le sue cinque Lune sì debolmente illuminate, potrebbero esse dare una luce bastevole duranti le notti? Certo che nò; egli hà in oltre un remedio singolare, ed unico in tutto l'Universo conosciuto: Un gran Cerchio, o grande Anello, che lo circonda, e che essendo assai alto per esser quasi intieramente fuori dell'ombra del Corpo di questo Pianeta, riflette la luce del Sole ne' luoghi, che non lo veggono; e la riflette da più presso, e con maggior forza, che tutte le cinque Lune, perchè egli è meno elevato della più bassa di esse.

Per verità, disse la Marchesa, come una persona, che piena di stupore, e di meraviglia, rientra in se stessa: tutto questo è d'un'ordine infinito; e ben si vede, che la Natura hà pensato a provedere ai bisogni di alcuni Viventi, e che la distribuzione delle Lune non è stata fatta a caso. Essa le hà ripartite fra i Pianeti i più lontani dal Sole, la Terra, Giove, e Saturno; non essendo necessario di darne a Venere, ed a Mercurio, che ricevono pur troppo lume, le notti de' quali sono molto brevi, e che le considerano apparentemente come i maggiori benefizj, che la Natura abbia voluto conceder loro, e forse più preziosi de' loro giorni medesimi. Ma aspettate, parmi, che Marte, che è ancor più distante dal Sole di quel che ne sia la Terra, non abbia Lune. Non posso dissimularvelo, io risposi; non ne ha veruna; e bisogna che abbia altri remedj, da noi non conosciuti, per illuminar le sue notti. Voi avete veduto qualche Fosfero, certe materie liquide, o secche, che ricevendo la luce del Sole, sene imbeono, e ne restano penetrate, e dopo gettano molto splendore nell'oscurità. Marte ha forse grandi scogli molto alti, che sono fosfori naturali, e che prendono durante il giorno una provisione di luce, che poi rendono in tempo di notte. Voi non potreste negare, che non fosse un molto vago spettacolo il vedere al tramontar del Sole, tutti questi Scogli accendersi da per tutto, e fare senz'alcun soccorso dell'arte superbe, e magnifiche illuminazioni, che non potrebbero recare alcuno incomodo col loro calore. Voi sapete ancora, che in America vi sono alcuni Uccelli, che nelle tenebre sono sì luminosi, ch'altri per leggere servir sene potrebbe. Che sappiam noi, se Marte non abbia un gran numero di questi Uccelli, che subito venuta la notte, si spandano da ogni parte, e producano un nuovo giorno?

Non mi appago, riprese la Marchesa, nè de' vostri Scogli, nè de' vostri Uccelli. Ciò sarebbe pur vago; ma poichè la Natura hà dato tante Lune a Saturno, ed a Giove, è un contrasegno che le Lune sieno necessarie. Sarei stata molto contenta, che tutti i Mondi lontani dal Sole ne avessero avuto, se Marte non fosse venuto a farci una dispiacevole eccezzione. Ah! voi non ci siete ancora, io replicai, se voi v'intrigaste di Filosofia più di quel che non fate, sareste pur costretta ad assuefarvi a veder molte eccezzioni ne' migliori Sistemi. Vi è sempre qualche cosa, che chiaramente si affà al Sistema, e dopo anche qualche cosa, che vi si aggiusta come si può, o che si tralascia, se si dispera di poterne venire a capo. Facciamo lo stesso di Marte, poichè egli viene ad isconciarci, non si faccia di lui più parola, Se noi fossimo in Saturno, quanta meraviglia ci arrecherebbe, il vedere sulle nostre teste durante la notte, quel grande Anello, che andrebbe in forma di Semicircolo da un capo all'altro dell'Orizzonte, e che rimandandoci la luce del Sole, facesse l'effetto di una Luna continua. E non poniamo noi anche Abitanti in questo grand'Anello, interruppe la Marchesa ridendo? Benchè io sia disposto, le risposi, d'inviarne arditamente per tutto, vi confesso, che non mi basta l'animo di porne in questo Anello, perchè mi pare un'abitazione troppo irregolare. In quanto alle cinque piccole Lune, non si può far di meno di popolarle. Se però l'Anello fosse, come taluni lo sospettano, un Cerchio di Lune, che si seguissero molto vicine le une dell'altre, ed avessero un moto uguale, e che le cinque piccole Lune fossero scappate via da questo gran

Cerchio, oh quanti Mondi nel Vortice di Saturno! Siasi pur come si voglia, le Genti di Saturno sono sempre da compiangere, anche col soccorso dell'Anello. Egli dà loro la luce, ma qual luce nella distanza, in cui è dal Sole! Lo stesso Sole, che veggono cento volte più piccolo, che noi lo vediamo, non è per essi che una piccola Stella, bianca, e pallida, che non hà se non uno splendore, ed un calore ben debole; e se voi li poneste ne' nostri Paesi più freddi, nella Groelandia, nella Lapponia, li vedreste sudare a grosse goccie, e spirar di caldo. Se avessero acqua, non sarebbe acqua per essi, ma una pietra, o un marmo; e l'acqua arzente più spiritosa, che non si agghiaccia mai quì tra noi, diverrebbe tra essi dura come i nostri Diamanti.

Voi mi date una idea di Saturno, che mi fa gelare, disse la Marchesa, ove poco fa voi mi riscaldavate, parlandomi di Mercurio. Egli è ben d'uopo, io replicai, che i due Mondi, che sono alle estremità del gran Vortice, siano opposti in tutte le cose.

Gli Abitanti di Saturno, riprese la Marchesa, debbon'esser ben savj, poichè voi mi avete detto, che tutti eran pazzi in Mercurio. Se non sono ben savj, io ripresi, almeno, secondo tutte le apparenze, son ben flemmatici. Questa Gente non sà ciò che sia ridere; prende sempre un giorno di tempo per rispondere alla menoma questione, che le vien fatta, e stimerebbe forse Catone Uticense troppo faceto, e troppo giocoso.

Mi viene un pensiero, disse la Marchesa: Tutti gli Abitanti di Mercurio sono vivaci, tutti quei di Saturno sono lenti. Fra di noi gli uni sono vivaci, gli altri lenti; non avverrebbe forse questa diversità dalla situazione della Terra, che è precisamente nel mezzo degli altri Mondi, e che noi partecipiamo delle estremità? Non vi è per gli uomini un carattere fisso, e determinato; gli uni sono fatti come gli Abitanti di Mercurio, gli altri come quelli dì Saturno, e siamo un misto di tutte le specie, che si trovano negli altri Pianeti. Mi piace infinitamente questa idea, io ripresi; noi formiamo una raunanza sì bizzarra, che si potrebbe credere, esser raccolti da più, e più Mondi differenti. A questo conto riesce comodo l'esser qui, ove si veggono tutti gli altri Mondi in compendio.

Almeno, replico là Marchesa, una comodità molta reale è quella, che hà il nostro Mondo, per la sua situazione, di non esser nè così caldo, come quello di Mercurio, o di Venere, nè così freddo, come quello di Giove, o di Saturno. In oltre noi siamo per l'appunto in una parte della Terra, ove non sentiamo, nè l'eccesso del caldo, nè quello del freddo. Ed in vero, se un certo Filosofo rendeva grazie alla Natura d'essere Uomo, e non Bestia, Greco, e non Barbaro, io render nele voglio d'esser su'l Pianeta il più temperato dell'Universo, ed in uno de' luoghi il più temperato di questo Pianeta. Se creder mi voleste, Signora, io risposi, voi le rendereste grazie d'esser giovane, e non vecchia; giovane, e bella, e non giovane, e brutta; giovane, e bella Francese, e non giovane, e bella Italiana. Ecco ben'altri motivi di riconoscenza, e maggiori di quelli, che voi tirate dalla situazione del vostro Vortice, o dalla temperatura del Vostro Paese.

Mio Dio! replicò la Marchesa, lasciatemi aver riconoscenza di tutto, anche del Vortice ove sono collocata. La misura della felicità, che ci è stata concessa, è ben piccola, e non bisogna perderne nulla; ed è bene di avere anche per le cose men ragguardevoli, e più comuni, un gusto, che le ponga tutte a frutto, Se amassimo solo i piaceri vivi, pochi sene avrebbero, si aspetterebbero gran tempo, e si pagherebbero a caro prezzo. Voi mi fate dunque proferta, io replicai, che se vi fossero proposti questi piaceri vivi, pur vi ricordereste de' Vortici, e di me, e che affatto affatto non ci trascurereste? Si, ripiglio la Marchesa, ma fate che la Filosofia mi porga sempre nuovi piaceri. Almeno per domani, io risposi, spero che non vi mancheranno. Hò le Stelle Fisse, che di gran lunga sorpassano quanto si è da voi sin'ora veduto.

SERA QUINTA

Che le Stelle Fisse sieno altrettanti Soli,

ciascheduno de' quali illumina un Mondo.

La Marchesa sentì una vera impazienza di sapere ciò, che diverrebbero le Stelle Fisse. Saranno queste abitate come i Pianeti, ella mi disse? Non lo saranno? Finalmente che ne faremo noi? Forse voi l'indovinereste, sene aveste pur gran voglia, io risposi. Le Stelle Fisse non possono esser distanti dalla Terra meno di ventisette mila sei cento sessanta volte il tratto di quà al Sole, che è di trentatrè milioni di leghe; e se voi faceste andare in collera qualche Astronomo, le porrebbe anche più distante. La distanza dal Sole a Saturno, che è il Pianeta il più lontano, non è che di trè cento trenta milioni di leghe; ciò è un nulla, a petto della distanza del Sole, o della Terra alle Stelle Fisse, e non si prende ne pur la briga di compararla. La loro luce, come lo vedete, è molto viva, e risplendente. Se esse la ricevessero dal Sole, converrebbe che la ricevessero di già molto debole dopo un sì lungo tratto; sarebbe d'uopo, che per un riflesso, che la indebolirebbe anche di molto, esse cela rinviassero a questa stessa distanza. Sarebbe impossibile, che una luce, che avrebbe sofferto un riflesso, e fatto per due volte un simil cammino, avesse la forza, e la vivacità, che ha quella delle Stelle Fisse, Eccole dunque luminose da per loro stesse, e tutte, per dirlo in una parola, altrettanti Soli. Se non m'inganno, esclamò la Marchesa, veggo ove voi valete condurmi. Voi volete dirmi: Le Stelle Fisse sono sono tanti Soli; il nostro Sole è il centro di un Vortice, che gira ad esso d'intorno; or perchè ciascheduna Stella Fissa non sarà anch'essa il centro di un Vortice, ch'avrà un moto ad essa d'intorno? Il nostro Sole hà alcuni Pianeti, ch'esso illumina; perchè ciascheduna Stella Fissa non avrà anch'essa i suoi Pianeti da illuminare? Non hò altro da rispondervi, io le dissi, che ciò, che Fedro rispose ad Enone: Tu l'hai nominato.

Ma, riprese la Marchésa, ecco l'Universo sì grande, che mi ci perdo, non sò più dove mi sia, io non son più nulla. Tutto sarà diviso in Vortici, gettati confusamente gli uni fra gli altri? Ciascheduna Stella sarà il centro d'un Vortice, forse così grande che quello, ove noi siamo? Tutto questo immenso spazio, che comprende il nostro Sole, e i nostri Pianeti, non sarà che una menoma parte dell'Universo? Altrettanti simili spazj, quante vi sono Stelle Fisse? Questo mi turba, mi confonde, mi spaventa, E questo appunto, io risposi, mi pone a mio bell'agio. Quando il Cielo non era che questa Volta turchina, ove le Stelle erano inchiodate, l'Universo mi sembrava così piccolo, e ristretto, che io mi ci sentiva come oppresso; ora che si è dato infinitamente maggiore ampiezza, e profondità a questa Volta, ripartendola in mille, e mille Vortici, mi pare respirare con più libertà, ed essere in un'aria più grande, e più aperta; ed in vero l'Universo hà un'altra magnificenza. La Natura non hà risparmiato nulla nel produrlo, ed hà fatto una profusione di ricchezze degna affatto di essa. Non possiamo rappresentarci cosa più bella di questo numero prodigioso di Vortici, il mezzo de' quali è occupato da un Sole, che fa girare i Pianeti ad esso d'intorno. Gli Abitanti d'un Pianeta d'uno di questi infiniti Vortici veggono da ogni parte i Soli de' Vortici, da' quali sono circondati, ma non è loro possibile il vederne i Pianeti, i quali non avendo che una debole luce improntata dal Sole, non la spingono al di là del loro Mondo.

Voi mi offrite, disse la Marchesa, una specie di prospettiva sì lunga, che la vista non può raggiungerne il punto. Veggo distintamente gli Abitanti della Terra; voi mi fate vedere in appresso quei della Luna, e degli altri Pianeti del nostro Vortice, assai chiaramente alla verità, ma meno di quei della Terra; dopo essi vengono gli Abitanti de' Pianeti degli altri Vortici. Vi confesso, che questi sono affatto nella più remota parte della prospettiva, e che per qualunque sforzo, ch'io faccia per vederli, non li discopro quasi punto. Ed in effetto non sono eglino quasi annichiliti per l'espressione stessa, di cui voi siete obbligato avvalervi, parlando di essi? Siete costretto di nominarli gli Abitanti d'uno de' Pianeti d'uno di questi Vortici, il numero de' quali è infinito. Voi medesimo, a chi la medesima espressione conviene, confessate che non sapreste quasi più riconoscerci in mezzo di tanti Mondi. Quanto a me, comincio a veder la Terra sì eccessivamente piccola, che non credo aver'oramai più premura per cosa veruna. Certamente, se si hà un così smisurato ardore per ingrandirsi, se si macchinano disegni sopra disegni, se gli uomini tanto si affaticano, tutto ciò nasce dal non conoscere i Vortici. Ben pretendo, che la mia pigrizia profitti de' miei nuovi lumi, e quando mi verrà rimproverata la mia indolenza, io risponderò: Ah! se voi sapeste ciò, che sieno le Stelle Fisse! Deesi credere ch'Alessandro non ne abbia avuto alcuna notizia, io replicai, poichè un certo Autore, che è di sentimento che la Luna sia abitata, dice molto seriamente, che non era possibile, che Aristotile non avesse una opinione sì ragionevole (come mai una verità sarebbe scappata via ad Aristotile?) ma che non volle mai dirne nulla per timore d'inquietare Alessandro, che avrebbe menato smanie nel vedere un Mondo, che non avrebbe potuto conquistare. Con più forte ragione segli sarebbe fatto mistero de' Vortici delle Stelle Fisse, quando pure in quel tempo sene avesse avuto notizia; sarebbe stato un fargli assai mal la corte, se mai di esse segli fosse favellato. Quanto a me, che li conosco, ben mi duole di non poter tirar'alcun'utile dalla cognizione, che ne hò. Non guariscono, al più, secondo il vostro ragionamento, che dell'ambizione, e dell'inquietudine, ed io non patisco di così fatti mali. Un poco di debolezza per ciò ch'è bello, ecco il mio male; nè credo che i Vortici vi possan nulla. Gli altri Mondi vi rendono piccolo questo nostro, ma non vi guastano punto nè i begli occhi, nè una bella bocca, che hanno pur sempre il loro pregio a dispetto di tutti i Mondi possibili.

L'Amore è una cosa strana, rispose la Marchesa, ridendo; si salva da tutto, e non vi è Sistema, che possa recargli nocumento alcuno. Ma parlatemi pur francamente; il vostro Sistema è ben vero? Non mi dissimulate alcuna cosa; prometto di guardarvi il segreto. Parmi solamente appoggiato sopra una piccola ben leggiera convenienza. Una Stella Fissa è luminosa da se stessa come il Sole, bisogna dunque ch'ella sia pure come il Sole, e'l centro, e l'anima d'un Mondo, e che abbia i suoi Pianeti, che girino all'intorno di essa. Questa conseguenza è d'una necessità assoluta? Ascoltate, Signora, io risposi, poichè noi siamo d'umore di tramezzar sempre qualche scherzo di galanteria nei nostri discorsi più serj, i ragionamenti di Matematica sono fatti come l'Amore, Voi non potreste concedere una sì piccola cosa ad un'Amante, che subito non bisogni poscia concedergliene di vantaggio, ed alla fine bisogna conceder tutto. Nel medesimo modo, menate buono ad un Matematico il menomo principio, egli và subito a tirarvene una conseguenza, alla quale sarete pur costretta di acconsentire, e da questa egli ne trarrà anche un'altra, e malgrado di voi stessa, vi condurrà a tale, ch'a pena potreste crederlo. Queste due sorti di Gente prendono sempre più di quello, che loro si dà. Voi convenite che quando due cose sono simili in tutto ciò che veggo, possa io crederle anche simili in ciò che io non veggo, se non vi sia cosa d'altronde, che mene impedisca. Di là hò tratto, che la Luna fosse abitata, perchè si rassomiglia alla Terra; gli altri Pianeti perchè si rassomigliano alla Luna. Trovo che le Stelle Fisse si rassomigliano al nostro Sole; io loro attribuisco tutto ciò, ch'egli hà. Voi vi siete troppo oltre impegnata, e non vi è verso di ritornare indietro; conviene saltare il fosso di buona voglia. Ma, disse la Marchesa, su'l piede di questa rassomiglianza, che voi ponete fra le Stelle Fisse, e'l nostro Sole, è d'uopo, che le Genti d'un'altro gran Vortice non lo veggano se non come una piccola Stella Fissa, che si mostra ad essi solamente nel tempo delle loro notti.

Ciò è fuor di dubbio, io risposi. Il nostro Sole è così vicino di noi in comparazione de' Soli degli altri Vortici, che la sua luce deve avere sù gli occhi nostri infinitamente più forza della loro. Noi non vediamo se non esso, quando lo vediamo, e questo prevale sopra tutto; ma in un'altro Vortice è un'altro Sole, che vi signoreggia, e questo allora prevale sopra il nostro, che vi apparisce solamente nelle notti col rimanente degli altri Soli stranieri, ciò è a dire delle Stelle Fisse. Viene attaccalo con esse a questa immensa Volta del Cielo, e vi fa parte di qualche Orsa, o di qualche Toro. Quanto a' Pianeti che girano intorno di esso, la nostra Terra, per esempio, non vedendosi così da lontano, nè pure vi si pensa. Così tutti i Soli sono Soli di giorno pe' Vortici, ove sono allogati, e Soli di notte per tutti gli altri Vortici. Nel loro Mondo sono gli unichi nella loro specie, ed altrove per tutto non servono se non a far numero. Non bisogna però, riprese la Marchesa, che i Mondi, malgrado tale ugualità, differiscano in mille cose, imperocchè un fondo di rassomiglianza non tralascia di addure seco differenze infinite?

Certamente, io ripresi, ma la difficoltà è di indovinare. Che sò io? Un Vortice hà più Pianeti, che girano all'intorno del suo Sole, un'altro ne hà meno. In uno vi sono Pianeti subalterni, che girano all'intorno dei Pianeti più grandi; nell'altro non vene sono punto. Quì sono tutti raccolti all'intorno del loro Sole, e fanno come un piccolo gruppo, al di là del quale si stende un lungo spazio vuoto, che va sino a' Vortici vicini; altrove essi prendono il loro corso verso le estremità del Vortice, e lasciano il mezzo vacuo. Nè dubito, che possa esservi pure qualche Vortice deserto, e senza Pianeti; altri, il Sole de' quali non essendo nel centro, abbia un vero moto, e trasporti seco i suoi Pianeti; altri, i Pianeti de' quali s'alzino, o s'abbassino a riguardo del loro Sole, per la mutazione dell'equilibrio, che li tiene sospesi. Finalmente, che vorreste di più? Eccone a bastanza per un'uomo, che non è mai uscito dal suo Vortice.

Questo è ben poco, rispose la Marchesa, per la quantità, de' Mondi. Ciò che voi dite non basta, che per cinque, o sei, ed io di qui ne veggo a migliaja.

Che sarebbe dunque, io soggiunsi, se vi si dicesse, che vi sono molte altre Stelle Fisse oltre quelle, che voi vedete; che co' Cannocchiali sene discopre un numero infinito, che non si veggono cogli occhi; e che in una sola Costellazione, nella quale non sene contavano prima forse dodici, o quindici, sene trovano oggidì tante quante sene vedevano per l'addietro in tutto il Cielo?

Vi domando grazia, esclamò la Marchesa, io mi rendo: voi mi caricate troppo di Mondi, e di Vortici. Sò quel che vi serbo, io ripresi. Voi vedete quella bianchezza, che si nomina la Via Lattea; v'immaginereste mai che si sia? Una infinità di piccole Stelle invisibili agli occhi, per la loro piccolezza, e seminate sì presso le une delle altre, che sembrano formare una sola, e continua luce. Vorrei che voi vedeste co' Cannocchiali questo formicajo di Astri, e questa semenza di Mondi. Rassembrano in qualche modo alle Isole Maldive, a quelle dodici mila Isolette, o Banchi di sabbia, separati solamente da Canali di Mare, che quasi come fossi saltar si potrebbero. Così i piccoli Vortici della Via Lattea sono sì compressi, che parmi che da un Mondo ad un'altro potrebbero gli Abitanti parlarsi, o anche darsi la mano. Credo almeno, che gli Uccelli d'un Mondo passino agevolmente ad un'altro, e che vi si possano addestrare i Colombi a portar le lettere, come quì nel Levante ne recano da una Città ad un'altra. Questi piccoli Mondi escono apparentemente dalla regola generale, per la quale un Sole nel suo Vortice, subito che apparisce scancella tutti i Soli stranieri. Se voi siete in uno di questi piccoli Vortici della Via Lattea, il vostro Sole non è quasi più vicino di voi, e non hà sensibilmente maggior forza sù gli occhi vostri, che cento mila altri Soli de' piccoli Vortici vicini. Voi vedete adunque il vostro Cielo risplendere di un numero infinito di fuochi, che sono molto vicini gli uni agli altri, e poco da voi distanti. Allorchè voi perdete di vista il vostro Sole particolare, vene rimane anche a sufficienza, e la vostra notte non è meno illuminata del giorno, almeno la differenza non può esser sensibile; e per parlar più giusto, voi non avete mai notte. Rimarrebbero stupefatte le Genti di quei Mondi, avvezze come sono ad una continua chiarezza, se venisse lor detto, che vi siano sventurati, che hanno vere notti, che cadono in profondissime tenebre, e che anche quando gioiscono della luce, veggono solamente un Sole. Ci riguarderebbero come Enti disgraziati dalla Natura, e la nostra dura condizione li farebbe fremer d'orrore.

Non vi domando, disse la Marchesa, se vi siano Lune ne' Mondi della Via Lattea, veggo bene, che non vi sarebbero di alcun'uso pei Pianeti principali, che non hanno notte, e che per altro girano tra spazj troppo ristretti per imbarazzarli di questo seguito di Pianeti subalterni. Ma sapete voi bene, ch'a forza di moltiplicarmi i Mondi così liberalmente, mi fate sorgere una vera difficoltà. I Vortici, de' quali noi vediamo i Soli, toccano il Vortice, ove noi siamo. I Vortici sono rotondi, non è egli vero? e come mai tante Palle possono toccarne una sola? Vorrei pure immaginarmelo, ma non posso venirne a capo.

Vi è moltissimo spirito, io risposi, ad avere questa difficoltà, ed ancor molto a non poterla risolvere, poichè è buonissima in se stessa, e nella maniera, che voi la concepite, è senza risposta; e sarebbe nota di poco spirito il trovar risposte a ciò, che non ne hà alcuna. Se il nostro Vortice fosse della figura di un Dado, avrebbe sei faccie piane, e sarebbe ben diverso da una figura rotonda; sopra ciascheduna di queste faccie si potrebbe porre un Vortice della medesima figura. Se in vece di sei faccie piane ne avesse venti, cinquanta, mille, vi sarebbero fino a mille Vortici, che potrebbero posare sopra di esso, ciascheduno sopra una faccia; e voi comprendete bene, che più un corpo hà faccie piane, che lo determinano al di fuori, più si avvicina ad esser rotondo, in modo che un Diamante tagliato a faccette da ogni parte, se le faccette fossero molto piccole, sarebbe quasi così rotondo, che una Perla della stessa grandezza. I Vortici non sono rotondi, che in questa maniera; hanno una infinità di faccie al di fuori, ciascheduna delle quali porta un'altro Vortice. Queste faccie sono molto inuguali; quì sono più grandi, là più piccole. Per esempio, le più piccole del nostro Vortice corrispondono alla Via Lattea, e sostengono tutti quei piccoli Mondi. Se due Vortici, che sono appoggiati sopra due faccie vicine, lascino qualche vuoto fra di loro nella parte inferiore, come ciò dee accadere spessissimo, subito la Natura, che si compiace di risparmiare il sito, riempie questo vuoto con un piccolo Vortice, con due, forse con mille, che non isconciano punto gli altri, e non tralasciano d'essere uno, due, o mille Mondi di più. Perciò noi possiamo vedere maggior quantità di Mondi, che il nostro Vortice non hà faccie per portarne. Scommetterei ch'anchorchè questi piccoli Mondi non sieno statti fatti, che per esser gettati in qualche angolo dell'Universo, che sarebbe rimasto inutile, benchè siano sconosciuti agli altri Mondi, che stanno a loro molto vicini, pure non tralascian d'esser di loro stessi molto contenti. Son di essi senza fallo, quei piccoli Soli, che non si scuoprono, se non co' Cannocchiali, e che sono in una quantità così prodigiosa. Finalmente tutti questi Vortici si aggiustano gli uni cogli altri al meglio, ch'è possibile; e come è necessario, che ciascheduno giri intorno al suo Sole senza mutar sito, ciascheduno prende la maniera di girare, che è la più comoda, e la più facile nella situazione, in cui si ritrova. S'incastrano in qualche maniera gli uni negli altri, come le ruote d'un'Oriuolo, e si ajutano scambievolmente ne' loro movimenti. Egli è pertanto vero che operano anche gli uni contro gli altri. Ogni Mondo, per quel che si dice, è come un Pallone, che si distenderebbe, se non trovasse qualche impaccio, ma è subito respinto da' Mondi vicini, e rientra in se stesso; indi ricomincia a gonfiarsi, ed a mano a mano siegue a far lo stesso. Si pretende da alcuni Filosofanti, che le Stelle Fisse non ci mandino questa luce tremola, e non sembrino scintillare talvolta, se non perchè i loro Vortici spingono perpetuamente il nostro, e ne sono perpetuamente respinti.

Amo molto tutte queste idee, disse la Marchesa. Amo questi Palloni, che si gonfiano, e si sgonfiano ad ogni momento, e questi Mondi, che sempre si combattono; e sopra tutto amo il vedere come questo combattimento fa tra essi un commercio di luce, che è apparentemente il solo, che possano avere.

Nò, nò, io ripresi, non è questo il solo. I Mondi vicini ci inviano tal volta a visitare, ed anche con qualche magnificenza. Ci vengono di là le Comete, che sono sempre ornate, o di una chioma risplendente, o di una barba venerabile, o di una coda maestosa.

Ah, che Deputati, disse la Marchesa ridendo! Ci staremmo bene senza la loro visita; questa ad altro non serve, che a farci paura. Non fanno paura se non a' bambini, io replicai, pe'l loro straordinario equipaggio; ma i bambini sono in gran copia. Le Comete altro non sono, che Pianeti, che appartengono ad un Vortice vicino, Essi avevano il loro moto verso le sue estremità; ma questo Vortice venendo forse diversamente compresso, è più piano nel basso, ed è dal basso che ci riguarda. Questi Pianeti, che avranno cominciato verso l'alto a muoversi in cerchio, non prevedevano, che al basso il Vortice loro mancherebbe, perchè ivi questo è come schiacciato; e per continuare il loro moto circolare, è necessariamente d'uopo ch'essi entrino in un'altro Vortice, che suppongo che sia il nostro, e che ne recidano le estremità. Sibbene sono essi sempre elevati, a rispetto di noi; si può credere che vadano al di sopra di Saturno. Egli è pur necessario, per la prodigiosa distanza delle Stelle Fisse, che dopo Saturno, sino alle estremità del nostro Vortice, vi sia un grande spazio vuoto, e senza Pianeti. I nostri nemici ci rimproverano l'inutilità di questo grande spazio, Non dovrebbero più inquietarsene, noi ne abbiamo trovato l'uso: egli, è l'appartamento de' Pianeti stranieri, che entrano nel nostro Mondo.

Intendo, disse la Marchesa; noi non lor permettiamo di entrare sin nel cuore del nostro Vortice , e di mischiarsi co' nostri Pianeti, li riceviamo come il gran Signore riceve gli Ambasciatori, che gli si inviano; non fa lor l'onore di allogiarli in Constantinopoli, ma solamente in un Borgo della Città. Abbiamo anche questo di comune cogli Ottomani, io ripresi, che ricevono gli Ambasciatori senza rimandarne, e che noi non rimandiamo nostri Pianeti a' Mondi vicini.

A giudicare da tutte queste cose, replicò la Marchesa, noi siamo ben superbi. Con tutto ciò non sò ancor molto ciò che credere io ne debba. Questi Pianeti stranieri hanno un'aspetto molto minaccevole colle loro code, e colle loro barbe, e forse sono a noi inviati per insultarci; in vece che i nostri, che non sono fatti nello stesso modo, non sarebbero sì proprj a farsi temere, quando andassero negli altri Mondi.

Le code, e le barbe, io risposi, non sono se non pure apparenze. I Pianeti stranieri non differiscono in alcuna maniera da' nostri; ma nell'entrare nel nostro Vortice, essi prendono la coda, o la barba per una certa sorte d'illuminazione, che ricevono dal Sole, e che fra di noi non è stata per anche bene spiegata; ma siamo almeno sicuri, che non si tratta, che di una specie d'illuminazione, la quale indovineremo quando che sia. Vorrei dunque, riprese la Marchesa, che il nostro Saturno andasse a prendere una coda, o una barba in qualch'altro Vortice, e vi mettesse la paura, e lo spavento; e che avendo dopo deposto questo terribile accompagnamento, rivenisse a riporsi qui in ordine cogli altri Pianeti, alle sue ordinarie funzioni. Meglio è per lui, io risposi, che non esca mai dal nostro Vortice. Vi hò detto l'urto, che si fa nel sito, ove due Vortici si spingono, e rispingono l'un l'altro; credo che in quel cattivo momento un povero Pianeta sia molto fieramente scosso, e che i suoi Abitanti non ne stiano meglio. Noi ci crediamo esser molto infelici quando ci apparisce una Cometa; ed è la Cometa istessa, che è infelicissima. Io non lo credo, disse la Marchesa, ella ci arreca tutti i suoi Abitanti con buona salute. Nulla può divertir di vantaggio, quanto il mutare in così fatto modo di Vortice. Noi che non usciamo giammai dal nostro, vi meniamo una vita molto tediosa. Se gli Abitanti d'una Cometa hanno tanto spirito da prevedere il tempo del loro passaggio nel nostro Mondo, quei che hanno di già fatto il viaggio annunziano agli altri anticipatamente ciò, che vi vedranno. Voi discoprirete quanto prima un Pianeta, che hà un grande Anello intorno di esso, (così dicon forse, parlando di Saturno.) Vedrete un'altro Pianeta, che ne hà quattro piccoli, che lo sieguono. Può anche darsi il caso, che vi sia Gente destinata ad osservare il momento, in cui entrano nel nostro Mondo, e che subito gridi, Nuovo Sole, Nuovo Sole, come quei Marinai, che gridano, Terra, Terra.

Non accade dunque più pensare, io le dissi, ad eccitar compassione in voi per gli Abitanti d'una Cometa, ma spero almeno che compiangerete quei che vivono in un Vortice, il Sole del quale venga ad estinguersi, e che restano in una eterna notte. Che? esclamò la Marchesa: i Soli si estinguono? Si, senza alcun dubbio, io risposi. Gli Antichi hanno veduto nel Cielo alcune Stelle Fisse, che noi non vi vediamo più. Questi Soli hanno perduto il loro lume; grande desolazione certamente in tutto il Vortice; mortalità generale sopra tutti i Pianeti; perchè, cosa fare senza Sole? Questa idea è troppo funesta, riprese la Marchesa. Non vi sarebbe egli qualche modo da risparmiarmela? Vi dirò se voi volete, io risposi, ciò che dicono persone molto scientifiche, che queste Stelle Fisse, che sono sparite, non sono perciò estinte; che sono Soli, solamente per metà, cioè a dire, che hanno una metà oscura, e l'altra luminosa; che come girano sù se stessi ora ci presentano la metà luminosa, e che allora li vediamo; ed ora la metà oscura, e che allora non li vediamo più. Secondo ogni apparenza la quinta Luna di Saturno è fatta così, perchè durante una parte della sua revoluzione, si perde assolutamente di vista; e non è che sia essa allora più distante dall'altra, al contrario, essa ne è alle volte più vicina, che in altri tempi, ne' quali si lascia vedere. E benchè questa Luna sia un Pianeta, che sia naturalmente di poco rilievo per un Sole, pure si può benissimo immaginare un Sole, che sia in parte ricoperto di macchie fisse, in vece che'l nostro non ne hà che passeggiere. Ricevo, per compiacervi, questa opinione, che in fatti è più moderata dell'altra, ma non posso prenderla, che per rispetto di alcune Stelle, che hanno tempi regolati per apparire, e disparire, come si è cominciato ad osservare, altrimenti i mezzi Soli non possono sussistere. Ma che diremo delle Stelle, che spariscono, nè si lascian più vedere, dopo il tempo, nel quale avrebbero dovuto certamente terminare di girare sopra esse medesime? Voi siete troppo giusta per voler costringermi a credere, che sieno mezzi Soli, con tutto ciò farò anche uno sforzo a favor vostro. Questi Soli non si saranno estinti, si saranno solamente inoltrati nella immensa profondità del Cielo, e noi non potremo più vederli; in tal caso il Vortice avrà seguito il suo Sole, e tutto vi starà bene. Egli è vero che la maggior parte delle Stelle Fisse non hà questo moto, pe'l quale esse si discostano da noi; perchè in altri tempi dovrebbero ravvicinarsene, e noi le vedremmo ora più grandi, ora più piccole, ciò che non accade. Ma noi supporremo, che non vi sia, se non qualche piccolo Vortice più leggiero, e più agile, che s'inserisca fra gli altri, e faccia alcuni giri, in termine de' quali rivenga, nel mentre che il numero de' Vortici resta immobile; ma ecco pure una strana sventura. Vi sono alcune Stelle Fisse, che vengono a farci mostra di esse, che passano molto tempo a non far'altro che apparire, e disparire, e finalmente dispariscono affatto. Se fossero mezzi Soli ricomparirebbero in tempi regolati; e se fossero Soli, che s'inoltrassero troppo avanti nel Cielo, non disparirebbero che una sola volta, per non ricomparire più per gran tempo. Prendete con coraggio, Signora, la vostra risoluzione. Bisogna che quelle Stelle sieno Soli, che si oscurino a bastanza, per celiare d'esser visibili agli occhi nostri, dopo si riaccendino, e finalmente si estinguano affatto. Come mai un Sole può egli oscurarsi, ed estinguersì, disse la Marchesa, egli che in se stesso è una sorgente di luce? Il più facilmente del Mondo, secondo Cartesio, io risposi. Egli suppone, che le macchie del nostro Sole, essendo o schiume, o nebbie, esse possano condensarsi, unirsi parecchie insieme, attaccarsi le une alle altre, fino a formare intorno al Sole una corteccia, che sempre vie più si agumenta, ed addio il Sole. Se il Sole è un fuoco appiccato ad una materia solida, che lo nutrisce, la nostra condizione non ne è migliore; la materia solida si consumerà. Noi l'abbiamo anche scappata bella , per quel che si dice. Il Sole è stato pallidissimo per lo spazio di anni intieri; per esempio, nell'anno, in cui seguì la morte di Cesare. Era la corteccia, che cominciava a formarsi; la forza del Sole la ruppe, e la dissipò; ma se avesse continuato, noi eravamo perduti. Voi mi fate tremare, disse la Marchesa. Ora ch'io sò l'importanza della pallidezza del Sole, credo che in vece di andar la mattina a vedere allo specchio se sia io pallida, andrò a rimirare il Cielo, ed osservare se il Sole egli stesso lo sia. Ah, Signora, io risposi, datevi pace; vi vuol pur gran tempo, per rovinare un Mondo. Ma finalmente, ella disse, non vi vuole altro che tempo? Vel confesso, io ripresi; tutta questa immensa massa di materia, che compone l'Universo, è in un moto, perpetuo, e veruna delle sue parti ne è interamente esente, ed ogni volta che vi è movimento in qualche parte, non vi ci fidate punto, è forza che accada qualche mutazione, siasi lenta, siasi pronta, ma sempre ne' tempi proporzionati all'effetto. Gli Antichi erano per verità curiosi d'immaginarsi, che i Corpi celesti fossero di natura a non variar giammai, perchè non gli aveano veduti cangiare. Avevano essi avuto il comodo di accertacene coll'esperienza. Gli Antichi erano giovani a paragone di noi. Se le Rose, che durano un sol giorno, facessero Istorie, e si lasciassero Memorie le une alle altre, le prime avrebbero fatto il ritratto del loro Giardiniere d'una tal quale maniera; e in più di quindici mila età di Rose, le altre, che l'avrebbero anche lasciato a quelle, che dovevano succeder loro, non vi avrebbero nulla cangiato. Sù questo esse direbbero, Noi abbiamo sempre veduto lo stesso Giardiniere, a memoria di Rose non altri si è veduto, che lui, la sua figura è stata sempre quale è al presente, certamente non muore come noi; non vi apparisce nè pure la menoma mutazione. Il ragionamento, delle Rose sarebbe egli buono? E pure avrebbe maggior fondamento dì quello, che faceano gli Antichi su' Corpi celesti. E quando anche, non fosse accaduto alcun cangiamento ne' Cieli sin'al dì d'oggi, quando paressero fatti per durar sempre, senza alcuna alterazione, non li crederei ancora, ed aspettar vorrei una più lunga esperienza. Dobbiamo noi stabilire la nostra durata, che non è che d'un'istante, per la misura di qualch'un'altra? E potrebbesi dire, che ciò che hà durato cento mila volte più di noi, dovesse durar sempre? Non si è cosi facilmente eterno. Converrebbe che una cosa avesse passato molte età d'uomini, l'una dopo l'altra, per cominciare a dare qualche segno d'immortalità. Veramente, disse la Marchesa, io veggo i Mondi ben lontani dal potervi pretendere. Non sarei loro nè meno l'onore di paragonarli a questo Giardiniere, che dura tanto, per rispetto alle Rose; essi non sono se non come le Rose stesse, che nascono, e muojono in un giardino le une dopo le altre; perchè io mi aspetto, che se le Stelle antiche dispariscono, ne appajano altre nuove; è necessario che sene ristabilisca la specie. Non vi è da temere, che perisca, io risposi. Alcuni vi diranno, ch'esse altro non sono, che Soli, che si avvicinano di noi, dopo essere state pur gran tempo per noi perdute nella profondità del Cielo. Altri vi diranno, che sono Soli, che si son disciolti da quella crosta oscura, che già cominciava a circondarli. Io per me credo facilmente che tutto ciò possa essere, ma credo anche, che l'Universo possa essere stato fatto in maniera, che vi si formeranno di tempo in tempo nuovi Soli. Perchè la materia atta a fare un Sole non potrà, dopo essere stata dispersa in varie parti, raunarsi in processo di tempo in qualche luogo, e gettar'ivi i fondamenti d'un nuovo Mondo? Io hò tanto più inclinazione a credere tali nuove produzzioni, quanto che queste meglio corrispondono all'alta idea, che hò delle opere della Natura. Il suo potere sarebbe solamente ristretto a far nascere, e morire i Pianeti, o gli Animali per una revoluzione continua? Sono persuaso, e voi anche già lo siete, che essa pone in uso questo stesso potere sopra i Mondi, e che non lene costa di vantaggio. Ma noi abbiamo sopra tal particolare più che semplici congetture. Il fatto sì è, che da cento anni in qua, ad un di presso, si vede co' Cannocchiali un Cielo tutto nuovo, e sconosciuto agli Antichi. Poche sono le Costellazioni, nelle quali non sia accaduto qualche cangiamento sensibile; ed ancor più che altrove nella Via Lattea, appunto come se in questo formicajo di piccoli Mondi regnasse il più di movimento, e d'inquietudine. Per verità, disse la Marchesa, io trovo al presente i Mondi, i Cieli, e i Corpi celesti sì soggetti al cangiamento, che eccomene affatto disingannata. Disinganniamocene anche meglio, se voi volete credermene, io replicai, non sene faccia più parola, sì bene siete già pervenuta all'ultima Volta de' Cieli; e per dirvi se al di là vi sieno ancora altre Stelle, converrebbemi esser più capace di quel ch'io sono. Ponetevi ancor Mondi, o non vene ponete, ciò dipende da voi. Quegl'immensi Paesi invisibili, che possono essere, o non essere, ed esser quali noi li vogliamo, sono l'Impero de Filosofi; a me basta di aver condotto la vostra mente sì lungi, che andar possono gli occhi vostri.

Che! esclamo la Marchesa, tutto il Sistema dell'Universo è nella mia testa! E son già dotta? Si, io replicai, voi lo siete a bastanza, e voi lo siete col vantaggio di poter non credere nulla di quanto vi ho detto finora, quando ne avrete voglia. Vi chieggio solamente in guiderdone della mia leggiera fatica, il non rimirare giammai nè il Sole, nè il Cielo, nè le Stelle, senza pensare a me.

Giacchè ho reso conto al Pubblico di questi Ragionamenti, credo non dovergli più nasconder nulla su questa materia. Gli darò contezza d'un nuovo Ragionamento, che seguì gran tempo dopo gli altri, ma che fù precisamente della stessa specie. Porterà il nome di Sera, poichè gli altri lo hanno portato; val meglio, che'l tutto si vegga con un medesimo titolo.

Nuovi pensieri, che pur confermano quelli de' precedenti Ragionamenti.

Ultime Scoperte, che sono state fatte nel Cielo.

Era gran tempo, che la Marchesa, ed io non parlavamo più de' Mondi, anzi cominciavamo a dimenticarci di averne mai ragionato, quando andai un giorno da lei, e vi entrai nell'ora appunto, che due uomini di molto ingegno, ed assai conosciuti nel Mondo, uscivano di sua casa. Voi ben vedete, ella mi disse, subito che di me si avvide, che visita hò ricevuta or'ora; vi confesserò che questa mi hà lasciato con qualche sospetto, che voi potreste avermi guasto l'intelletto. Sarei ben glorioso, io le risposi, d'avere avuto tanto potere sopra di voi; perchè credo che non si possa imprendere cosa alcuna più malagevole di questa. E pure temo, che non lo abbiate fatto, ella soggiunse. Non sò come ci siamo abbattuti a ragionare de' Mondi, con questi due uomini, che sono usciti poco fa; e forse maliziosamente hanno eglino introdotto tal discorso. Non hò mancato di dir loro di botto, che tutti i Pianeti erano abitati. Uno di essi mi ha detto, che era molto persuaso, ch'io non lo credeva; io con tutta l'ingenuità possibile gli hò pur sostenuto che lo credeva; ma egli hà sempre preso il mio discorso qual finzione di persona, che si voleva divertire; ed hò creduto, che ciò che lo rendeva sì pertinace a non voler credermi sù i miei proprj sentimenti, fosse ch'egli avea troppo stima di me, e che perciò non mi riputasse capace d'una così strana opinione. Per l'altro, che non mi stimava tanto, mi ha creduto sulla mia parola. Perchè dunque mi avete posto in testa una cosa, che la Gente, che mi stima non può credere ch'io sostenga da dovero? Ma, Signora, le risposi, perchè sostenerla seriamente con persone, che son sicuro, che non entravano in alcun ragionamento, che fosse un poco serio? In cotal guisa impegnar si debbono gli Abitanti de' Pianeti? Appaghiamoci pure d'esser noi soli una piccola, e scelta truppa, che lo crediamo, e non facciamo palesi al Popolo i nostri misterj. Come, esclamò la Marchesa, chiamate voi Popolo i due uomini, che sono di quì usciti poco fa? Hanno essi certamente molto ingegno, io replicai, ma non ragionano giammai. L'intendenti ragionatori, che non si appagano di poco, li nomineranno Popolo, senza riguardo. Da un'altro canto costoro sene vendicano, col beffarsi de' ragionatori; ed a me sembra un'ordine bene stabilito, che ogni specie dispregi ciò, che a lei manca. Converrebbe, se fosse possibile, accomodarli a ciascheduna; meglio sarebbe scherzare su gli

Abitanti de' Pianeti con questi due uomini, poichè essi sanno scherzare, che di ragionarne, poichè non lo san fare. Voi ne sareste uscita colla loro stima, ed i Pianeti non vi avrebbero perduto nè pure uno de' loro Abitanti. Tradir la verità, disse la Marchesa. Voi non avete fior di coscienza. Vi confesso, io risposi, che non hò un gran zelo per simili verità, e che ben volontieri le sacrifico alle menome comodità della Società. Veggo, per esempio, donde dipende, e donde sempre dipenderà, che l'opinione degli Abitanti de' Pianeti non sia creduta per così verisimile, che lo è: I Pianeti si presentano sempre agli occhi come Corpi, che spandono luce, e non come distese Campagne, o vaste Praterie; noi ben crederemmo, che le Praterie, e le Campagne esser potrebbero abitate, ma non possiamo credere abitati i Corpi luminosi. La ragione cerca in darno di persuaderci, che ne' Pianeti vi sono Campagne, e Prati; la ragione vien troppo tardi, e la prima occhiata hà fatto già sopra di noi il suo effetto prima di lei, e noi non vogliamo più ascoltarla; riguardiamo semplicemente i Pianeti come Corpi luminosi. E poi, come sarebbero fatti i loro Abitanti? Converrebbe, che la nostra immaginazione ci rappresentasse ad un tratto le loro figure, ed essa non lo può; il più corto è di credere, che i Pianeti non sono abitati. Vorreste voi, che per istabilire gli Abitanti de' Pianeti, gl'interessi de' quali non m'importan molto, mi cimentassi di attaccare quelle due formidabili potenze, il Senso, e l'Immaginazione? Si richiederebbe molto animo per una tale impresa; e non è facil cosa il persuadere agli uomini di avvalersi della loro ragione invece de' loro occhi. Veggo talora molte persone competentemente ragionevoli per voler ben credere, dopo mille prove, che i Pianeti sieno Terre; ma non credono nella stessa maniera, che crederebbero, se non li avessero veduti sotto una differente apparenza. Si rammentano sempre della prima idea, che sene sono formata, e non la posson mai pienamente mutare. Sono queste persone, che nel credere la nostra opinione, sembrano pure farle grazia, e favorirla solamente per un certo piacere, che fa loro la sua singolarità.

Eh che, interruppe la Marchesa, questo non basta per una opinione, che non è che verisimile! Rimarreste più stupefatta, io ripresi, se vi dicessi, che il termine di verisimile è molto modesto. Parvi semplicemente verisimile, che Alessandro sia stato? Voi ne siete certissima; e sù che è stabilità questa certezza? Perchè ne avete tutte le prove, che potete desiderare in simil materia, e che non si presenta il menomo soggetto da dubitarne, che sospenda, e ritenga l'animo vostro; giacchè al rimanente voi non avete mai veduto Alessandro, e voi non avete alcuna dimostrazione matematica, per assicurarvi che abbia dovuto essere. Ma che direste voi, se gli Abitanti de' Pianeti fossero quasi nello stesso caso? Non vi si potrebbero far vedere, nè voi potrete pretendere che qual proposizione matematica vi sien dimostrati. Ma voi avete tutte le prove, che si possono desiderare in simil cosa; la rassomiglianza intiera de' Pianeti colla Terra, che è abitata; l'impossibilità d'immaginarsi alcun'altro uso, pel quale fossero stati fatti; la fecondità, e la magnificenza della Natura; certi riguardi, che sembra aver' avuti pe' bisogni de' loro Abitanti: come l'aver dato Lune a' Pianeti lontani dal Sole, e più Lune a' più distanti; e ciò che è importantissimo, tutto è da questa parte, e nulla affatto a favore dell'altra; e voi non potreste immaginarvi il menomo soggetto di dubbio, senza ripigliare gli occhi, e lo spirito del Popolo. Finalmente supposto che gli Abitanti de' Pianeti vi sieno, essi non potrebbero essere a noi dimostrati con più contrasegni, e contrasegni più sensibili. Dopo questo, stà a voi il trattarli come cosa puramente verisimile. Ma voi non vorreste, ripigliò la Marchesa, che ciò sembrasse a me tanto sicuro, quanto melo sembra che Alessandro sia stato? Non tanto, io risposi; perchè sebbene noi abbiamo sù gli Abitanti de' Pianeti tante prove, quante aver ne possiamo nella situazione, in cui siamo, pure il numero di queste prove non è ben grande. Io sono per rinunziare agli Abitanti de' Pianeti, interruppe la Marchesa, non sapendo più in qual'ordine debba rassettarli nel mio capo; non sono affatto sicuri, ma sono più che verisimili, questo m'imbarazza troppo. Di grazia, io replicai, non vi sgomentate. Gli Oriuoli più comuni, e più rozzi, segnano le ore; ma quei soli lavorati con maggior maestria segnano i minuti. Così ancora gli spiriti anche più ordinarj sentono ben la differenza, che vi è tra una semplice verisimilitudine, ed una certezza intiera; ma i soli spiriti sublimi, e penetranti sentono il più, o'l meno della certezza, o della verisimilitudine, e ne additano, per così dire i minuti col loro giudizio. Ponete gli Abitanti de' Pianeti un poco al di sotto di Alessandro, ma al di sopra di molti punti d'istoria, che non sono totalmente provati, credo che là possa essere il lor luogo. Amo l'ordine, disse la Marchesa, e voi mi fate piacere di disporre le mie idee; ma perchè non vi siete voi di già dato questa cura? Perchè quando voi crederete gli Abitanti de' Pianeti un poco più, o un poco meno ch'essi non meritano, non vi sarà gran male, io risposi. Io son sicuro che voi non credete il moto della Terra quanto dovrebbe esser creduto; siete voi perciò sì degna di compassione? Oh, per questo, ella rispose, io so il mio dovere, e voi non avete nulla da rimproverarmi; credo fermamente che la Terra giri. E pure io non vi hò detto la miglior ragione, che lo prova, io replicai. Ah! esclamo la Marchesa, è un tradimento l'avermi fatte creder le cose con deboli prove. Voi non mi giudicavate dunque degna di creder sù buone ragioni? Io non vi provava le cose, le risposi, che con piccoli ragionamenti grati, ed acconci al vostro uso: ne dovea forse impiegare solidi, e robusti, come se avessi dovuto convincere un Dottore? Sì, disse la Marchesa, prendetemi presentemente per un Dottore, e vediamo pur questa nuova prova del moto della Terra.

Volontieri, io ripresi, eccola. Essa mi piace molto, forse perchè credo di averla trovata; la veggo però sì buona, e sì naturale, che non ardirei assicurarmi d'esserne l'inventore. Egli è certo, che un'uomo dotto ostinato, che vi volesse rispondere, sarebbe costretto a parlar molto; e questo è il solo modo da far rimaner confuso un'uomo dotto. Bisogna o che tutti i Corpi celesti girino in ventiquattr'ore intorno alla Terra, o che la Terra girando sopra se stessa in ventiquattr'ore, attribuisca questo moto a tutti i Corpi celesti. Ma che essi abbiano realmente questa rivoluzione di ventiquattr'ore intorno alla Terra, non vi è cosa alcuna al Mondo, che abbia meno apparenza, benchè l'impossibilità di questo non caggia in un'attimo nella mente. Tutti i Pianeti fanno certamente le loro grandi rivoluzioni intorno al Sole; ma queste rivoluzioni sono fra esse inuguali, secondo le distanze, ove i Pianeti sono dal Sole; i più lontani fanno i loro corsi in maggior tempo; il che è molto naturale. Quest'ordine si osserva anche fra i piccoli Pianeti subalterni, che girano intorno ad un grande. Le quattro Lune di Giove, le cinque di Saturno, fanno i loro circoli in più, o meno tempo intorno al loro gran Pianeta, secondo che ne sono più, o meno distanti. In oltre, egli è certo che i Pianeti hanno moti su' loro proprj centri, e questi moti sono anche ineguali; non si sà bene che regolar possa questa inegualità, se la differente grandezza de' Pianeti, o la loro differente solidità, o la differente velocità de' Vortici particolari che li racchiudono, e delle materie liquide, sù le quali sono portati; ma finalmente l'inegualità è certissima; ed in generale l'ordine della Natura è tale, che tutto ciò ch'è comune a più cose, si trova nello stesso tempo variato con differenze particolari.

V'intendo, interruppe la Marchesa, e credo che abbiate ragione. Sì, io son pure del parer vostro; se i Pianeti girassero intorno alla Terra, girerebbero in tempi ineguali, secondo le loro distanze, come lo fanno intorno al Sole. Non volete voi dir questo? Per l'appunto, Signora, io ripresi; le loro distanze ineguali, rispetto alla Terra, dovrebbero produrre differenze in questo preteso moto intorno di essa; e le Stelle Fisse, che sono così prodigiosamente lontane da noi, così elevate al di sopra di tutto ciò, che potrebbe avere all'intorno di noi un moto generale, almeno situate in luogo, ove questo moto dovrebbe esser pur troppo indebolito, non vi sarebbe molta apparenza, ch'esse non girerebbero intorno di noi in ventiquattr'ore, come la Luna, che ci è sì vicina? Le Comete, che sono straniere nel nostro Vortice, che vi tengono vie sì differenti le une dalle altre, che hanno anche sì differenti velocità, non dovrebbero pur'essere esenti di girare tutte intorno di noi in questo medesimo tempo di ventiquattr'ore? Ma nò, Pianeti, Stelle Fisse, Comete, tutto girerà in ventiquattr'ore intorno alla Terra. Pure se in questi moti vi fosse qualche minuto di differenza, potremmo contentarcene; ma essi saranno tutti della più esatta ugualità, o piuttosto della sola ugualità esatta, che posta essere al Mondo; senza un minuto di più, o di meno. Per verità, ciò deve essere oltre modo sospetto.

Oh, disse la Marchesa, poichè è possibile che questa grande ugualità non sia che nella nostra immaginazione, io sono più che sicura, che essa non è fuori di là. Ho piacere, che una cosa, che non è di gusto della Natura, ricada intieramente sopra di noi, e che esse ne sia discolpata, avvegnachè questo abbia da essere a spese nostre. Per me, io ripigliai, sono così nemico della ugualità perfetta, che non ben mi appago, che tutti i giri, che la Terra fa ogni giorno sopra se stessa, sieno precisamente di ventiquattr'ore, e sempre uguali gli uni agli altri; crederei volontieri, che vi fossero delle differenze. Delle differenze, esclamò la Marchesa! E i nostri Penduli non mostrano forse una intiera egualità? Oh, io risposi, ricuso i Penduli; essi non possono essere compiutamente giusti, e quando anche talvolta lo fossero, indicando che un giro di ventiquattr'ore fosse più lungo, o più corto di un'altro, si amerà meglio crederli sregolati, che sospettare la Terra di qualche irregolarità nelle sue rivoluzioni. Ecco un curioso rispetto, che si hà per essa, non mi fiderei più alla Terra, che ad un Pendulo; le stesse cose press'a poco, che disordinano l'uno, porranno in disordine l'altra; credo solamente, che si richiegga più tempo alla Terra, che ad un Pendulo per disordinarsi sensibilmente; ecco il solo vantaggio, che lesi può concedere. Non potrebbe essa a poco a poco avvicinarsi al Sole? Ed allora trovandosi in luogo, ove la materia fosse più agitata, e'l moto più rapido, essa sarebbe in minor tempo la sua doppia rivoluzione, ed intorno al

Sole, ed intorno a se stessa. Gli anni, e' giorni sarebbero più corti, ma non potremmo accorgercene, perchè non si tralascierebbe di ripartire sempre gli anni in trecento sessantacinque giorni, e i giorni in ventiquattr'ore. Così, senza viver più lungo tempo di quel che viviamo presentemente, si viverebbe un maggior numero di anni; e per l'opposto, che la Terra si allontani dal Sole, vivremmo un minor numero di anni, e non vivremmo meno. Vi è molta apparenza, disse la Marchesa, che quando ciò fosse, una lunga serie di secoli non produrrebbe che ben piccole differenze. Ne convengo, io risposi, la condotta della Natura non è precipitosa, e'l suo metodo è di condurre tutto per gradi, che non sono sensibili, se non ne' cangiamenti molto pronti, e molto facili. Appena siamo noi capaci di avvederci di quello delle Stagioni; per gli altri, che si fanno con una certa lentezza, pochi son quelli, che non ci scappan via. E pure tutto è in un moto continuo, e per conseguenza tutto cangia; e sino ad una certa Donzella, che fù veduta nella Luna coi Cannocchiali, da quarant'anni in circa, si è considerabilmente invecchiata. Aveva prima un'assai bel viso; ora le sue guancie si sono incavate, il suo naso si è allongato, il suo fronte, e'l suo mento sporgono in fuori, in modo che tutte le sue vaghezze sono svanite, e che si teme anche de' suoi giorni.

Voi vi burlate, interruppe la Marchesa? Non è una favola, io ripresi. Si vedea nella Luna una figura singolare, che aveva l'aria d'una testa di Donna, che usciva da quegli scogli, ed è avvenuto qualche cangiamento in quel luogo. Qualche pezzo di Montagna è caduto, che ha lasciate scoperte tre punte, che non possono servire ad altro, che a comporre un fronte, un naso, ed un mento da vecchia. Non pare, disse la Marchesa, che vi sia un destino malizioso, che ne l'abbia particolarmente colla bellezza? In tutta la Luna egli non è andato ad attaccare se non questa Donzella. Forse in ricompenza, io replicai, i cangiamenti, che accadono sopra la nostra Terra, rendan più vago qualche viso, che le Genti della Luna vi veggono; intendo qualche viso alla maniera della Luna, perchè ognuno trasporta sopra gli oggetti quelle idee, delle quali è ripieno. I nostri Astronomi veggono sopra la Luna volti di Donzelle; potrebb'essere, che le Donne, che si applicassero ad osservare, vi vedrebbero belli visi d'uomini. Io non sò, Signora, se non vi ci vedrei. Confesso, disse la Marchesa, che non potrei far di meno di aver'obbligazione a chi mi trovasse colà su; ma ritorno a ciò, che poco fa mi dicevate; accadon pure sulla Terra cangiamenti considerabili?

Vi è molta apparenza, io riposi, che ne sieno accaduti. Diverse montagne elevate, e molto distanti dal Mare, hanno grandi letti di Conchiglie alle loro radici, che additano necessariamente, che l'acqua le abbia altre volte coperte. Sovente, anche ben lungi dal Mare, si trovano Pietre, entro le quali sono Pesci impietriti. Chi può mai averli là posti, se il Mare non vi è stato? Le Favole dicono, che Ercole separasse colle sue mani due Montagne, Calpe, ed Abila, che essendo situate fra l'Africa, e la Spagna, arrestavano l'Oceano, e che subito il Mare entrasse con impetuosità nelle Terre, e fece questo gran Golfo, che vien chiamato il Mediterraneo. Le Favole non sono totalmente Favole, sono Istorie de' tempi più antichi, ma che sono state sformate, o dall'ignoranza de' Popoli, o dall'amore ch'essi avevano pe'l meraviglioso, antichissime malattie degli uomini. Che Ercole abbia separate due Montagne colle sue mani, non è troppo da credere; ma che nel tempo di qualche Ercole, essendovene di questo nome cinquanta, l'Oceano abbia affondato due Montagne più deboli delle altre, forse coll'ajuto di qualche tremuoto, e siasi gettato fra l'Europa, e l'Africa, lo crederei facilmente. Allora sì che gli Abitanti della Luna videro ad un tratto apparire sulla nostra Terra una bella macchia; poichè voi sapete, Signora, che i Mari sono macchie. Almeno il comun parere è, che la Sicilia sia stata separata dall'Italia, e Cipro dalla Siria. Si sono tal volta formate nel Mare nuove Isole; i tremuoti hanno rovinato Montagne; ne hanno fatto nascer delle altre, ed hanno cangiato il corso de' fiumi. I Filosofi ci fanno temere, che'l Regno di Napoli, e la Sicilia, che sono terre appoggiate sopra grandi Volte sotterranee, ripiene di Solfo, non debbano un giorno, o l'altro rovinare, quando queste Volte non saranno più assai forti per resistere a' fuochi, ch'esse rinchiudono, e che presentemente esalano da spiragli, come sono il Vesuvio, e l'Etna. Eccone a bastanza per diversificare un poco lo Spettacolo, che noi diamo agli Abitatori della Luna.

Amerei molto meglio, disse la Marchesa, che li annojassimo, dando loro sempre il medesimo spettacolo, che divertirli colla rovina di Provincie.

Ciò sarebbe anche un nulla, io ripigliai, a petto di quel che accade in Giove. Appajono sulla sua superficie come Fascie, che lo cingono d'ogn'intorno, e che sembran distinte le une dalle altre, o certi spazj, che sono fra esse, pe' differenti gradi di chiarezza, e di oscurità. Queste sono Terre, e Mari, o finalmente grandi parti della superficie di Giove, tutte altresì tra esse differenti, Ora queste Fascie si ristringono; ora si allargano; tal volta s'interrompono; e dopo si riuniscono;

sene formano nuove in diversi luoghi, e sene scancellano; e tutti questi cangiamenti, sensibili solamente a' nostri migliori Cannocchiali, sono in essi stessi più considerabili che se il nostro Oceano inondasse tutta la Terra ferma, e lasciasse in suo luogo nuovi Continenti. Se gli Abitanti di Giove non sono Amfibj, per vivere egualmente sulla Terra, e nell'Acqua, non saprei ben dire ciò che diverranno. Veggonsi similmente sulla faccia di Marte grandi cangiamenti, ed anche da un mese ad altro. In sì breve tempo Mari ricoprono vasti Continenti, o si ritirano per un flusso, e riflusso, infinitamente più violento del nostro; se non è questo, almeno è qualche cosa di equivalente. Il nostro Pianeta è ben tranquillo in comparazione di quelli due, e noi abbiamo molto da lodarcene; ed anche maggiormente, s'egli è vero che in Giove vi sieno stati Paesi, grandi come tutta l'Europa, incendiati. Incendiati! esclamò la Marchesa; questa sarebbe una nuova considerabile. Considerabilissima, io risposi. Si è veduto in Giove, sono forse venti anni, una lunga luce, più risplendente che il rimanente del Corpo del Pianeta. Noi abbiamo avuto tra noi de' Diluvj, ma di rado; forse che in Giove hanno anche raramente grandi Incendj, senza pregiudizio de' Diluvj, che vi sono comuni. Ma comunque si sia, questa luce di Giove non è in modo alcuno da paragonarsi ad un'altra, che secondo le apparenze è non meno antica del Mondo, e che pure non erasi mai veduta. Come può far mai una luce per nascondersi, disse la Marchesa? Vi vuole un'arte singolare.

Questa luce, io ripresi, non apparisce che nel tempo de' Crepuscoli, in modo che il più delle volte sono assai lunghi, e forti per coprirla, e che quando essi possono lasciarla apparire, o i vapori dell'Orizzonte la involano, o essa è sì poco sensibile, che senza essere sommamente esatto, si prende per gli stessi Crepuscoli. Ma finalmente da trentanni in quà è stata certamente scoperta, ed hà fatto per qualche tempo le delizie degli Astronomi, la curiosità de' quali avea bisogno di esser risvegliata da qualche cosa d'una nuova specie. Quando anche avessero scoperto nuovi Pianeti subalterni, non ne sarebbero stati mossi; le ultime due Lune di Saturno, per esempio, non hanno eccitato in essi tanto piacere, quanto i Satelliti, o le Lune di Giove: ci avvezziamo a tutto. Si vede dunque un Mese avanti, ed un mese dopo l'Equinozio di Marzo, allorchè il Sole è tramontato, e'l Crepuscolo terminato, una certa luce bianchiccia, che rassomiglia ad una coda di Cometa; questa si vede avanti il levar del Sole, e avanti il Crepuscolo verso l'Equinozio di Settembre; e verso il Solstizio d'Inverno, si vede sera, e mattina; da questo tempo in fuori essa non può, come io vi hò detto disciogliersi de' Crepuscoli, che hanno troppa forza, e troppa durata; poichè si suppone, ch'essa sempre sussista, e l'apparenza vi è tutta intiera. Si comincia a congetturare, che questa sia prodotta da qualche grand'ammasso di materia alquanto densa, che circonda il Sole fino ad una certa misura; la maggior parte de' suoi raggi trapassano questo ricinto, e vengono a noi in linea diretta; ma vene sono di quelli, che dando a ferire contro la superficie interiore di questa materia, ne sono rinviati verso di noi, e vi giungono quando i raggi diretti, o non possono ancora arrivarci la mattina, o non possono più pervenirci la sera. Come questi raggi riflessi partono da più alto, che i raggi diretti, noi dobbiamo averli piuttosto, e perderli più tardi.

Quindi, deggio disdirmi di ciò ch'io vi avea detto, che la Luna non dovesse aver Crepuscoli, per mancanza d'un'aria densa, che la circondi, come avviene alla Terra. Essa non vi perderà nulla; i suoi Crepuscoli le verranno da questa specie d'aria densa, che circonda il Sole, e che ne rinvia i raggi in luoghi, ove quei che partono direttamente da esso andar non possono. Ma ecco ancora, disse la Marchesa, assicurati i Crepuscoli per tutti i Pianeti, che non avranno bisogno d'esser' avviluppati ciascheduno d'un'aria densa, poichè quella unicamente, che circonda il Sole può fare questo effetto generalmente per tutti i Pianeti, che sono nel Vortice. Crederei ben volontieri, che secondo l'inclinazione, che conosco nella Natura all'economia, essa non si fosse avvaluta che di questo solo mezzo. Con tutto ciò, io replicai, non ostante quella economia, vi sarebbero, rispetto alla nostra Terra, due cagioni di Crepuscoli, l'una delle quali, che è l'aria densa del Sole, diverrebbe assai inutile, e non potrebbe essere che un'oggetto di curiosità per gli Abitanti dell'Osservatorio. Ma bisogna dir tutto; può essere che non vi sia se non la Terra, che spinga fuor di se vapori, ed esalazioni assai dense per produrre i Crepuscoli; e la Natura avrà avuto ragione di provvedere con un mezzo generale a' bisogni di tutti gli altri Pianeti, che saranno, per così dire, più puri, e le evaporazioni de' quali saranno più sottili. Noi siamo forse fra tutti gli Abitanti de' Mondi del nostro Vortice quelli, a' quali convenga dare a respirare l'aria la più grossolana, e la più densa. Con qual disprezzo ci riguarderebbero gli Abitanti degli altri Pianeti, se sapessero questo?

Avrebbero torto, disse la Marchesa, non siamo degni di disprezzo per essere noi circondati da un'aria densa, poichè il Sole stesso ne hà una che lo circonda.

Ditemi di grazia, quest'aria non è prodotta da certi vapori, che voi mi avete detto altre volte, che uscivano dal Sole, e non serve essa a rompere la prima forza de' raggi, che forse sarebbe stata eccessiva? Capisco che'l Sole potrebbe esser naturalmente velato, per esser più proporzionato a' nostri usi. Ecco, Signora, io risposi, un piccolo principio di Sistema, che voi avete formato assai felicemente. Vi si potrebbe aggiungere, che questi vapori produrrebbero specie di pioggie, che ricaderebbero nel Sole per rinfrescarlo, nella stessa guisa, che alle volte gettasi l'acqua in una focina, il fuoco della quale fosse troppo ardente. Non vi è nulla, che non si debba presumere dalla sagacità della Natura; ma ella ha un'altra sorte di sagacità tutta particolare per nascondersi a noi, e non dobbiamo facilmente lusingarci di avere indovinato la sua maniera di operare, nè tampoco i suoi disegni. Su'l fatto di nuove Scoperte, non dobbiamo troppo affrettarci di ragionare, benchè sene abbia pur sempre grandissima voglia, ed i veri Filosofi sono come gli Elefanti, che camminando non posano mai il secondo piede a terra, che il primo non vi sia bene assodato. La comparazione mi sembra tanto più giusta, soggiunse la Marchesa, quanto che il merito di queste due specie, Elefanti, e Filosofi, non consiste in verun conto nelle grazie esteriori. Consento che noi immitiamo il giudizio degli uni, e degli altri; datemi ancora qualche notizia delle ultime Scoperte, ed io vi prometto di non costruir mai Sistema alcuno frettolosamente.

Io vi hò detto tutte le nuove che sò del Cielo, nè credo che vene sieno più fresche. Mi dispiace che queste non sieno cosi stupende, e meravigliose, che alcune Osservazioni, ch'io leggeva l'altro dì in un compendio degli Annali della Cina scritto in Latino. Vi si veggono migliaja di Stelle per volta, che cadono dal Cielo nel Mare con un gran fracasso, o che si disciolgono in pioggia; nè questo è stato veduto una sola volta alla Cina; hò trovato questa Osservazione in due tempi assai distanti l'uno dall'altro; senza contare una Stella, che sene va a scoppiare verso l'Oriente, come un razzo, e sempre con gran rumore. Somma sciagura è per noi che tali spettacoli sieno riserbati solamente per la Cina, e che questi nostri Paesi non ne abbiano avuto mai la loro parte. Non hà gran tempo, che tutti i nostri Filosofi, credevansi fondati sull'esperienza, per sostenere, che i Cieli, e tutti i Corpi celesti fossero incorruttibili, ed incapaci di cangiamento; e pure in quel mentre altri uomini all'altra estremità della Terra vedevano le Stelle disciogliersi a migliaja; questo è molto differente. Ma, disse la Marchesa, non hò inteso sempre dire, che i Cinesi fossero sì grandi Astronomi? Egli è vero, io soggiunsi, ma i Cinesi han trovato il loro conto nell'esser divisi da noi con lungo tratto di Terra, come i Greci, e i Romani nell'essere separati da una lunga serie di secoli: ogni lontananza può ingannarci. In verità, io vò sempre vie più credendo, che vi sia un certo Genio, che non è stato ancor fuor della nostra Europa, o che almeno non sene è mai molto allontanato. Forse non gli è permesso di spandersi alla volta in una grande ampiezza di Terra, e che qualche fatalità gli prescrive assai ristretti confini. Godiamone, poichè lo possediamo: ciò ch'egli hà di meglio, si è, che non si ristringe nelle scienze, e nelle secche speculazioni; si stende con ugual successo sino alle cose le più dilettevoli, nelle quali io dubito che alcun Popolo ci agguagli. In queste appunto, o Signora, conviene che voi vi occupiate, ed esse debbono comporre tutta la vostra Filosofia.

FINE